Heinz-Eugen Schramm

Schwäbisch

für Reingeschmeckte

FLECHSIG

Alle hier eingestreuten Gedichte sind — soweit nichts anderes angegeben — eigenes Gewächs des »Seminarleiters«. Die Mundartgedichte sind bei Karl Knödler in Reutlingen, die Limericks bei Gerhard Heß in Ulm erschienen.

Umwelthinweis:
Dieses Buch und der Umschlag wurden auf chlorfrei gebleichtem Papier gedruckt.
Die Einschrumpffolie – zum Schutz vor Verschmutzung – ist aus umweltverträglichem und recyclingfähigem PE-Material.

Wir danken allen Rechteinhabern für die Erlaubnis zu Nachdruck und Abbildung. Trotz intensiver Bemühungen war es nicht möglich, alle Rechteinhaber zu ermitteln. Wir bitten diese, sich an den Verlag zu wenden.

Alle hier eingestreuten Gedichte sind – soweit nicht anderes angegeben – eingenes Gewächs des „Seminarleiters“. Die Mundartgedichte sind bei Karl Knödler in Reutlingen, die Limericks bei Gerhard Heß in Ulm erschienen.

Sonderausgabe für Flechsig-Buchvertrieb
Genehmigte Lizenzausgabe für
Verlagshaus Würzburg GmbH & Co. KG, Würzburg 2002

Originalausgabe: Verlag Weidlich / Flechsig, Würzburg
Zeichnungen: Eva-Maria Lohmann-Schramm
Gesamtherstellung: Tallers Gráfics
Printed in Spain
ISBN 3 - 88189 - 470 - 5

Inhaltsverzeichnis

Zum Geleit

Der Schreiber dieser Zeilen nahm vor mehreren Jahren anläßlich einer Familienfeier in Darmstadt an einem Gespräch mit einem Nichtschwaben teil. Auf die Frage, ob er denn der auf schwäbisch geführten Unterhaltung folgen könne, gab dieser zur Antwort, er sei zwar seit Jahren mit einem Schwaben kollegial und freundschaftlich verbunden und verfüge durch diesen Umgang schon über einen gewissen Fundus schwäbischer Worte, es würden ihm aber manche Ausdrücke doch noch einige Schwierigkeiten machen. Meine spontane Feststellung, da sei wohl ein Seminar »Schwäbisch für Reingeschmeckte« ein guter Weg, die Lücken im Verständnis unserer Mundart zu schließen, wurde mit Lachen und Zustimmung quittiert.
Wieder nach Tübingen zurückgekehrt, nahm ich den Gedanken erneut auf und fand auch hier Zustimmung, zumal sich Dr. Heinz-Eugen Schramm auf Anhieb bereit erklärte, über eine Disposition und deren Durchführung nachzudenken und einen Versuch zu starten.
Zum ersten Seminarabend am 25. Oktober 1971 wurde namens des Bürger- und Verkehrsvereins in die »Alte Weinstube Göhner« in der Tübinger Altstadt eingeladen. — Der Erfolg dieses Abends übertraf alle Erwartungen, und er blieb dem Seminar jetzt schon über sechs Jahre und 38 Seminarabende treu.
So ist es kein Wunder, daß die Seminaristen ihren »Schwabenprofessor« ermunterten, das Erarbeitete in Buchform und damit als Nachschlagwerk und als Erinnerung an die frohen Stunden im »Göhner« festzuschreiben. Und so wünsche ich dieser heiteren Sprachkunde den selben durchschlagenden Erfolg wie unserem Seminar!

Robert Kallenberg
Vorsitzender des Bürger- und Verkehrsvereins
Tübingen am Neckar

Mundart als »Fremdsprache«

Wie im Geleitwort von berufener Seite ausgeführt, verdankt dieses Buch seine Entstehung dem gleichnamigen Seminar *»Schwäbisch für Reingeschmeckte«*, das ich im Auftrag des Bürger- und Verkehrsvereins seit Oktober 1971 im Winterhalbjahr jeweils einmal monatlich in einer Tübinger Altstadtweinstube abhalte.
Dazu sei zunächst festgestellt, daß es bei diesen bewußt gesellig angelegten Seminarabenden nicht etwa darum geht, Nichtschwaben ein perfektes Schwäbisch beizubringen. Die Schwäbische Mundart ist vielmehr vornehmlich als elementare Brücke zur schwäbischen Mentalität zu verstehen. Dabei werden zwei Fliegen mit einer Klappe geschlagen: Der Nichtschwabe lernt verstehen und begreifen, was ihm in der schwäbischen »Fremde« fremd ist; der Schwabe aber kommt über seine eigene Mundart zu Selbsterkenntnis und Selbstkritik.
Nur so ist es zu verstehen, daß sich in unserem — im äußersten Fall 60 Gäste fassenden »Hörsaal« dichtgedrängt Nichtschwaben und Schwaben zahlenmäßig etwa die Waage halten. Gleiches gilt für die Altersstufen und die Zugehörigkeit zum sogenannten schwachen bzw. starken Geschlecht. Vor allem die jüngere Generation erscheint im Hinblick auf das Risiko einer sich anbahnenden landsmannschaftlichen »Mischehe« zumeist paarweise.
Etliches Kopfzerbrechen bereitete mir zunächst Aufbau und Stoffwahl der Seminarabende. Schließlich war es nicht damit getan, daß ich meine beiden kleinen Tischglocken in Schwingung brachte und die lieben *»Seminarischtinnen ond Seminarischten«* mit einem *»Proscht, Ihr Leut!«* geziemend begrüßte. — Bei der Auswahl der Themen kam mir sehr zustatten, daß ich selbst mit einer Reingeschmeckten — einer Potsdamerin — verheiratet bin. Ich weiß also sehr genau, wo dem Nichtschwaben »Nachhilfestunden« bestimmt nicht schaden können.
So dozierte ich eben frisch drauf los, wobei ich die sprachlichen Erläuterungen mit eigenen und fremden Mundartgedichten, mit Anekdoten und Geschichten sowie mit gängigen Volkssprüchen aufzulockern und zu vertiefen versuchte. — Neuerdings wird auf allgemeinen Wunsch auch gesungen.

Von den *Themenkreisen,* die wir behandelt haben, seien einige herausgegriffen: Schwäbisch gschwätzt — Schaffe', spare', Häusle' baue'! — Mampfe' ond dudle' — Rauh aber herzlich — Ällerhand Mödele' — Mit 40 gscheit — Vom Köpfle bis zom Füaßele — Häs, Häsläus ond Breste' — Mit schwäbischem Gruaß — Raupe' ond Goge' — Religio' em Ranze' — Zom Heule' schö'.
Und das Ergebnis: Jedesmal entwickelte sich schon nach meinem ersten »Auftritt« aus dem angesprochenen mundartlichen Wortschatz und Sachbereich ein reges Gespräch mit erstaunlichen Einfällen, Anregungen und nicht zuletzt mit viel humorvoll-schlagfertiger Frotzelei, wobei das Allgemeinmenschliche weit mehr als das Landsmannschaftliche zum Zuge kam. Man erkannte sehr viele Gemeinsamkeiten und empfand somit das vermeintlich Trennende als Bereicherung. — *So wurde das Seminar zum fröhlichen, unbeschwerten Spiel.* Dabei fanden die vom Bürger- und Verkehrsverein ausgegebenen Seminarausweise nicht minder Anklang wie die nach bestandenem *»Goge'abitur«* mit *»donderschlächtig«* bzw. *»hehlingen bis saumäßig gut«* benoteten Diplome. Kennzeichnend für den guten Geist im Seminar ist es auch, daß aus der Mitte der Teilnehmer für die gesamte Runde zu Weihnachten *»Guatsle«* und zu Fasnacht *»Fasnachtsküachle«* gestiftet wurden.
Doch nun noch ein Wort zu unserem »Hörsaal«, der *»Alten Weinstube Göhner«.* Der Ruf dieser inmitten der *»Gogei«* gelegenen Gaststätte wurde von weiland *Hermann Göhner* alias *»Violinbeck«* (so benannt, weil er als Bäcker und Wirt seinen Gästen mit der Violine aufspielte!) und seiner noch heute auf Zwiebelkuchen spezialisierten Frau *Hermine* begründet. Die Übernahme des Lokals durch das *Ehepaar Fischer* fällt genau zusammen mit dem Auftakt zum Seminar. *Ernst Fischer* ist 1974 unerwartet verstorben, seiner Frau *Roswitha* sage ich deshalb ganz besonderen Dank für die unentwegte — gastronomisch durch räumliche Bedrängnis außerordentlich erschwerte — Bewirtung unserer wissens- und weindurstigen Seminaristen.
Natürlich hat man — eben wegen der beschränkten Raumverhältnisse — schon wiederholt die Frage an mich gestellt, ob man nicht einen größeren Raum wählen sollte, damit nicht immer wieder so und so viele Interessenten wegen Überfüllung umkehren müssen. — Ich habe das andernorts mehrfach testen können

und festgestellt, *daß das Seminar mit der Überschaubarkeit und der engen Tuchfühlung steht und fällt.* In einem Saal — womöglich mit Rednerpult und Mikrophon — wäre ein solch guter Kontakt, ein solch spontanes Gespräch unmöglich.
Doch zurück zur Sache: Bei aller angestrebten wissenschaftlichen Stich- und Hiebfestigkeit soll auch *dieses Buch* im Grunde nicht mehr sein als eine mehr oder weniger ausgefeilte *Sprachspielerei* mit dem Ziel, Nichtschwaben wie Schwaben *bewußt zu machen, welchen Schatz wir in unserer in Jahrhunderten gewachsenen deutschen Sprache und ihren sie tragenden, speisenden und erneuernden Mundarten haben.* Im übrigen handelt es sich hier um kein Vollständigkeit anstrebendes Wörterbuch, sondern um einen jederzeit ausbaufähigen Sprachen- und Fremdenführer.
Interessant ist in diesem Zusammenhang, welche Wandlungen die durch Publikationen und Aktivitäten *in der Öffentlichkeit propagierte Einstellung zur Mundart* seit Beginn des Seminars erfahren hat: Vor 5 Jahren noch galt es bei Pädagogen, Soziologen und Psychologen als fortschrittlich, die Mundart als eine den beruflichen und gesellschaftlichen Aufstieg hemmende *Barriere* zu verteufeln. Kurz danach entdeckte man, daß sich die Mundart nichts desto trotz auch *im Wahlkampf parteipolitisch* einsetzen läßt. Und schließlich erhob man sie in überregionalen *»Mundartwochen«* nachgerade zum Stilmittel innerdeutscher, ja sogar internationaler Verständigung und Solidarität. — Ein Beweis für die Kurzlebigkeit konstruierter Theorien und Thesen!! — Mit diesen zeitkritischen Bemerkungen geht es mir ausschließlich um die Feststellung von Tatsachen. Eine Wertung halte ich für entbehrlich. — *Mundart bleibt Mundart!!*

Zum Schluß noch eines: Unter *Schwaben* verstehe ich alle, die im ehemals altwürttembergischen oder vorderösterreichisch-hohenbergischen Staatsgebiet schwäbisch schwätzen, aber auch die vom Freistaat Bayern vereinnahmten Lechschwaben. Auch die heimatvertriebenen Donauschwaben seien hier ausdrücklich mit einbezogen.

Mundart als Brücke

Meine Mutter, eine geborene Hayer aus Sindelfingen, ist eine Enkelin von August Hayer (1820—1888), des Begründers und langjährigen Leiters einer damals bedeutenden Privatschule in Stuttgart. Dieses sogenannte Hayer'sche Knabeninstitut in der Rotebühlstraße betreute zu seiner Blütezeit mit acht Lehrern rund 300 Schüler, darunter zahlreiche Ausländer.

Zur selben Zeit wirkte und werkte in Dresden mein Urgroßvater Johann Emil Schramm (1835—1894) als Zimmermann. Er hat im Jahre 1867 im alten Dresdener Hoftheater, das dann 1869 völlig ausbrannte, als Maschinenmeister während der Hauptprobe des Oberon 35 Sängerinnen, Sängern und Schauspielern das Leben gerettet. Dabei wurde er selbst schwer verletzt. König Albert von Sachsen hat ihm für diesen Einsatz einen Orden verliehen und aus seiner Privatschatulle eine monatliche Leibrente gewährt.

Meine Großeltern Hayer haben mich nicht mehr erlebt. Das weichklingende Sächsisch bzw. Thüringisch meiner Großeltern Schramm aber, die sich 1892 mit einem Studentenartikelgeschäft in Tübingen niedergelassen und meinen Vater — zweijährig — mitgebracht hatten, liegt mir noch immer im Ohr. »Grüne« Thüringer Kartoffelklöße kommen nach dem Hausrezept meiner Großmutter noch heute mit Gänsebraten an Weihnachten auf den festlich gedeckten Tisch. Schwäbische Spätzle, die meine aus Potsdam »eingeführte« Frau so trefflich wie meine Mutter vom Brettle zu schaben pflegt, rangieren erst an zweiter Stelle. — Was will es da schon besagen, daß ich — durch Zufall — als waschechter »Ulmer Spatz« zur Welt gekommen und im Münster mit Donauwasser getauft worden bin?! — Lange hat es mich dort ohnehin nicht gehalten. Noch als Wickelkind wurde ich Tübinger Bürger.

In meinem Elternhaus war Honoratiorenschwäbisch die Umgangssprache. Bereichert wurde unser Wortschatz aber durch den unverbildeten ländlichen Dialekt unserer aus dem Gäu stammenden Dienstmädchen. Die Martha kam aus Bondorf, die Luise aus Deufringen. — Daß ich kein perfektes Schriftdeutsch spreche, ist meinen gestrengen Schulmeistern längst verziehen. Immerhin habe ich mich bisher ganz gut durchs Leben geschwäbelt. Ja, ich glaube sogar, daß ich mir durch mein unbekümmertes Drauflosschwätzen nicht zuletzt das Vertrauen meiner markbrandenburgisch-preußischen Frau erworben habe. Sie hat mich als junges Mädchen zwar sprachlich nicht immer verstanden, erkannte aber offenbar doch einen guten Kern in mir. So sagte sie eben im entscheidenden Augenblick »ja« — und schon war sie mit einem Schwaben verheiratet. Dazu wäre zu bemerken, daß wir inzwischen unseren »30jährigen Krieg« glücklich und ohne Sprachschwierigkeiten überstanden haben und das mit oder trotz zwei emanzipierten Töchtern, einem gemäßigt progressiven Sohn und einem eigenwilligen Langhaardackel namens Fetz.

Mein erstes schwäbisches Gedicht schrieb ich als Soldat am 1. September 1940 in der Champagne, das zweite am 5. März 1942 in einem Kriegslazarett in Stettin. Das erste handelt vom Küssen, das zweite von der durch den Magen gehenden Liebe. Damals — im ständigen Kontakt mit nichtschwäbischen Kameraden — wurde mir bewußt, daß ich nicht nur Deutscher, sondern auch Schwabe bin. — Das war nicht nur Heimweh. — Nebenbei bemerkt: Die beiden schwäbischen Gedichte haben in überarbeiteter Form überlebt. Über 300 während des Kriegs entstandene schriftsprachliche Gedichte indessen verdienen nur insofern Erwähnung, als ich mir damit das harte Kriegserleben mehr oder weniger kunstgerecht vom Herzen schrieb. Schwäbisch ließen sich solche Eindrücke nicht ausdrücken.

Neunundzwanzigjährig und inzwischen verheiratet aus der Kriegsgefangenschaft zurückgekehrt, geriet ich schon bald mit meinem Germanistikstudium in eine Sackgasse. So ging mir beispielsweise das Verständnis dafür ab, daß man anstatt ein Liebesgedicht von Goethe unvoreingenommen in sich aufzunehmen und nachzuempfinden, unbedingt wissen wollte, welche seiner Liebschaften hier im einzelnen hereinspielte. Ich sah ein Gedicht mit Gehalt und Gestalt als elementare Einheit und wehrte mich gegen eine sezierende Interpretation. — So wich ich über das Tübinger Ludwig-Uhland-Institut in den Bereich der Volkskunde aus. Das mundartliche Werk des Ertinger Bauernsohns und späteren Ehinger Oberamtsarztes und Flurnamenforschers Michael Buck (1832—1888) war noch nicht »durchforstet«. Da war noch Neuland! — Hermann Schneider und meinem Doktorvater Hugo Moser verdanke ich hier viel.

In den »Bagenga« von Michel Buck und bei seinen oberschwäbischen Vorgängern Sebastian Sailer und Carl Borromäus Weitzmann, aber auch bei Sebastian Blau, der in deren Tradition steht, fand ich nicht zuletzt etwas, was ich im allgemeinen bei den Mundartdichtern im altwürttembergischen Bereich nicht kannte. Ich meine die befreiende, im Sprachlichen begründete unbefangene Derbheit. Dazu muß man wissen, daß ich schließlich mit den »Gôgen-Witzen«, den deftigen Anekdoten der Tübinger Wengerter, aufgewachsen bin, einem nicht immer stubenreinen Volkshumor, der im gesamten schwäbischen Sprachraum eine Sonderstellung einnimmt. Mein Vater hat meine Mutter damit vor Bekannten oft genug in Verlegenheit gebracht. Daß ich einmal ausgerechnet eben diese Gôgen-Witze neu bearbeiten und herausgeben oder gar ein umfangreiches Buch über den Schwäbischen Gruß verfassen würde, hätte ich mir kurz nach dem Krieg ganz gewiß nicht zugetraut. — Bestärkt hat mich in dieser Richtung Paul Schmid — alias Peter Strick —, seines Zeichens Kunstmüller in Sulz am Neckar, mit seinem »Starken Tubak«.
Doch ich bin der Zeit und meinem schriftstellerischen Werdegang um etliches vorausgeeilt. — Was man hat, schätzt man leider bisweilen zu gering: Eines Tages in den ersten Nachkriegsjahren verschlug es den schlesischen Mundartdichter Richard Anton ausgerechnet in unsere Hausgemeinschaft. Durch ihn lernte ich seinen Landsmann, den Menzel-Willem, und wenig später die Weber-Else aus dem Sudetenland kennen — heimatvertrieben . . . ! Wir haben uns gemeinsam bemüht, Brücken zu schlagen.
So ist mein hier vorgestelltes Seminar »Schwäbisch für Reingeschmeckte« durchaus als konsequente Fortsetzung dieser Bemühungen zu werten. Daß ich selbst als Dozierender bei dieser feuchtfröhlichen Sprachkunde vielleicht am meisten profitiere, sei gerne zugegeben.
»Mariele, komm!«, mein erstes Mundartgedichtbändchen, habe ich im Jahre 1956 August Lämmle zum 80. Geburtstag widmen dürfen. Daß meine Verse damals die Anerkennung des Meisters gefunden haben, gab mir starken Auftrieb. Manche Anregung verdanke ich auch Hans Reyhing und Ludwig Finckh. Besonders gerne erinnere ich mich aber an die vergnüglichen Stunden mit Wilhelm Schussen, der seinen Alterssitz nach Tübingen verlegt hatte. Noch habe ich sein knützes

Gesicht vor Augen, als er mir ein Glas Rotwein hinschob mit der Bemerkung, diesen guten Tropfen habe ihm der Oberbürgermeister zum 80. Geburtstag überbracht. Die leere Flasche allerdings müsse er an die Stadtverwaltung zurückgeben. — Das war — wohlgemerkt!! — im Jahre 1954.
Nun, ich habe versucht, gewisse für mich bedeutsame Zusammenhänge aufzuzeigen, Bindungen und Verbindungen, die mich und mein schriftstellerisches Schaffen beeinflußt und maßgeblich geprägt haben. Über meine Heimatstadt Tübingen und die sie umgebende Landschaft aber habe ich mich ausgeschwiegen. Dazu sei ganz schlicht vermerkt, daß — was immer ich in meinem bald sechzigjährigen Lebenswandel familiär, beruflich und schriftstellerisch erreicht habe — ohne die ausgedehnten Wanderungen im Schönbuch, im Rammert und auf der Alb, ohne die vielerlei Ständerlings- und Stammtischgespräche in der Tübinger Altstadt nicht denkbar gewesen wäre. Hier hat mir unser Tübinger Ehrenbürger Theodor Haering den Weg gewiesen.

Und so braust wie eh und je der Mond durchs Neckartal . . .

Aus »Schwaben unter sich über sich«,
1976 herausgegeben von Otto Heuschele

Schwäbisch ohne Mühe

Aufzeichnungen eines Wortschatzgräbers von A bis Z

ällbot

Dieser Ausdruck ist mit einem gewissen Unwillen verbunden, weil sich etwas nicht nur öfters, sondern zu oft wiederholt:

> *Ällbot soll mr Stuire' zahle'.*
> *Ällbot stoht d'Schwiegermuater vor dr Tür.*
> *Ällbot will mei' Weib en nuie' Huat.*

Pate stand hier sprachlich das von der Obrigkeit erlassene »Bot«, das *Gebot* oder *Verbot,* und da der Amtsschimmel diesbezüglich nie faul war, wurde auch *der Bot'* (= Bote), der die Ver- und Gebote zu verkünden hatte, ständig in Atem gehalten. Der Bürger mußte also *ällbot* (= alle Augenblicke) darauf gefaßt sein, daß ihm vom *Büttel* (= Gemeindeboten) etwas neues *geboten* oder *verboten* wurde.
Daß auch in diesem Buch — ohne obrigkeitliche Privilegien freilich — etwas *geboten* wird, sei nichts desto trotz vermerkt:

> *Ällbot kommt e nuis Schwobe'buach raus!*

Ärbet

Um auch meinerseits das *G'schäft,* das notgedrungen mit solch einer Schreiberei verbunden ist, nicht zur *Ärbet* (= Arbeit) ausarten zu lassen, erteile ich für dieses Stichwort großzügig dem Volksmund das Wort, auch wenn man mir unterstellen sollte, *des sei doch koi' Ärbet net:*

Em Zuagucker ist koi' Ärbet z'viel.
Der geng am liabste' dr Ärbet zur Leich.
Moister, d'Ärbet ist fertig, soll-e se glei flicke'?!
We-mr no g'sond ist ond guate Schuah hot, daß mr dr Ärbet davo'laufe' ka'!
Gott erhalt' mir mei' G'sondheit — ond mei'm Weib sei' Arbeitskraft!

Weiteres zu diesem Thema finden Sie unter *»schaffe'«*.

ästimiere'

Dieser vermutlich durch Hugenotten aus dem Französischen ins Schwäbische verpflanzte Ausdruck wird — das mag seltsam anmuten — vorzugsweise von »einfachen« Leuten im ländlichen Umkreis gebraucht. Man legt vor allem wert darauf, von »Höhergestellten« *ästimiert* (= geschätzt, anerkannt, ge- bzw. beachtet) zu werden.
Als Beispiel sei eine etwas delikate Anekdote aus den *»Gogen-Witzen«* zitiert, die beweist, daß der Schwabe durchaus nicht so prüde ist, wie man ihm das bisweilen unterstellt:

Bei den zahlreichen Tanzveranstaltungen anläßlich des Tübinger Universitätsjubiläums im Jahre 1927 mangelte es allenthalben sehr an Damen (immatrikulierte Studentinnen waren damals noch eine Rarität!). So wird auch das Dorle, ein blitzsauberes Weingärtnerstöchterle von einer verehrlichen Burschenschaft zum Festball eingeladen und von einem Fuxen abgeholt.
Ob solcher Ehre sehr geschmeichelt, fragt die Mutter am anderen Morgen: »Hoffentlich hent di dia feine Herre' au als Dam' ästimiert?!« —
»Ha, freile, Muater, was denkst au«, entfährt es da vom Erlebten noch ganz beglückt der Kleinen, »dreimol sogar — zwoimol em Garte' ond oimol em Salo'.«

O filia hospitalis!

A'mena'schlupferle

Sprachlich exakt und moralisch korrekt verdolmetscht handelt es sich um ein »*An-mich-hinan-Schlüpferchen*«, um ein beispielsweise zu abendlicher Stunde anlehnungsbedürftiges weibliches Wesen auf einem lauschigen Bänkle, um das viel besungene herzallerliebste Schätzle also, das im fortgeschrittenen Stadium auch als *Bettfläsch mit Ohre'* (= Wärmflasche mit Ohren) der Liebe zu huldigen nicht abgeneigt ist. –

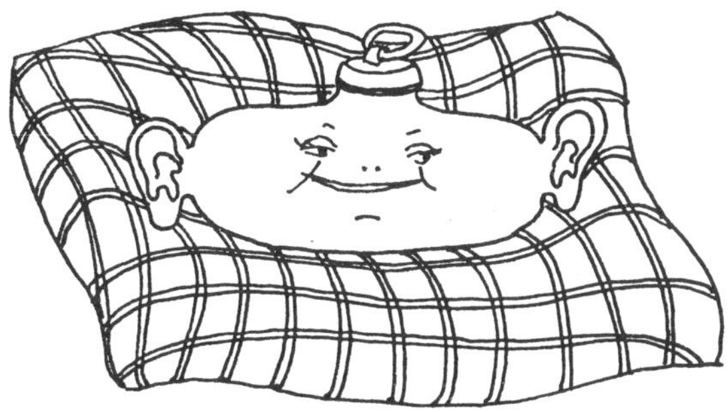

Mit dem neuerdings von Supermärkten als *Slip* im Dutzend billiger angepriesenen *Schlüpferle* hat das freilich nur kurzfristig, d. h. kurzweilig zu tun.
Weitergehendes über dieses elementare Thema ist unter dem Stichwort *Mögetse* (von mögen = gernhaben) nachzulesen.
Im übrigen gilt auch hier:

E Miniröckle hot-es a',
des Liesele vo' nebe'dra',
ond wenn-es sich am End gar buckt,
noh went dia Kerle schier verruckt.
Was moinst au, wia do d'Ahne' tuat, –
e Schand sei des, – sei no so guat!?
Ond frogt mr se: Wieso? Worom? –
Noh geit se naus: Ha, eabe' drom ...

weil's Röckle 's Gröbste bloß verdeck,
ond jeder wiß', was dronter steck . . .
Ond ob! — E Ga'sger ist koi' Ga's!
Honni soit qui mal y pense!

Arsch

Da diesem hinterrücks einladend-ausladenden Körperteil im Zusammenhang mit dem *Schwäbischen Gruß* polar-globale Bedeutung zukommt, kann ich mich hier kurz fassen.
Sprachlich vom mittelhochdeutschen *ars* abgeleitet, wirkt der *Arsch* ausgesprochen — barsch. Wer ihn freilich etymologisch mit dem gleichlautenden lateinischen *ars* (= Kunst) gleichsetzt, ist selber schuld. Die von der Götz-ACADEMIE geschaffene heraldisch fundierte Siegelmarke *»Lex mihi ars«* (= die Kunst ist mir Gesetz) kann somit getrost auch auf die Kehrseite von Briefen geklebt werden, die für bürgernahe Behörden wie das Finanzamt bestimmt sind. Eine Beleidigung ist solch ein buchstäbliches Bekenntnis zu den Musen keinesfalls.
Auch der *Arsch mit Ohre'* und das *Arschbacke'g'sicht* sind lediglich als bildhaft vergleichende Feststellungen zu werten, während ein mit *Arschloch* oder gar *Rialo* (= Riesenarschloch) titulierter Gesprächspartner auf der Hut sein sollte: Plumpen Anbiederungsversuchen gilt es rechtzeitig zu wehren.
Im übrigen wird in den Erste-Hilfe-Kursen des SRK (= Schwäbischen Roten Kreuzes) besonderer Wert darauf gelegt, daß ein Verletzter zur Einsparung unnötiger Krankentransportkosten notfalls seinen eigenen *Arsch en dr Schleng hoimtra(ge') ka'!* — Wie man sich das vorzustellen hat, ist auf der nächsten Seite bildlich dargestellt.
Doch nun noch drei Belege aus dem *Tübinger Gogen-Witz-Ar(s)chiv:*

Der Christian hat's eilig. Auf der Neckarbrücke begegnet ihm der Gottlieb. Dabei ergibt sich folgender Wortwechsel: »He Christe, wona' so schnell?« — Antwort: »Ge' Stuagert!« — »Was tuast do?« — Antwort: »En nuie' Arsch kaufe'.« — »Worom des?« — Antwort: »Mei' alter hot e Loch!«

Ende der zwanziger Jahre hat Albert Einstein an der Universität Tübingen einen Festvortrag über seine Relativitätstheorie gehalten. In ihrer Eigenschaft als Stadträte waren auch zwei Tübinger Wengerter eingeladen. Auf dem nächtlichen Heimweg erläutert der Christian dem Frieder, der nicht ganz mitgekommen ist, die Relativitätstheorie an folgendem Beispiel: »Also paß auf! Jetz ganget mir zwoi mitenander selt drübe' en des Höfle nei', do ist es ganz donkel ond neamert sieht ons, ond noh laß i gschwend mei' Hos' na, ond du, Frieder, du steckst dei' Nas en mein Arsch nei'. Verstande! — So, ond domit host also du e Nas em Arsch ond i hao-n-e Nas em Arsch. Dr Onterschied ist bloß der, daß i relativ besser dra' ben weder denn daß du.«

Im Vertrauen: Außer dem barschen *Arsch* gibt es auch noch das geradezu melodisch klingende *Ärschle*. Das Privileg haben da unsere stets ranken und schlanken Schwobe'mädle'. — Fragen Sie mich aber bitte nicht, woher ich das weiß!

bache'

Alles was aus dem *Backofen* kommt, ist *bache'* (= gebacken). Wer *net ganz bache'* ist, der ist bei der *Bachet* zu kurz gekommen, *vergrote'* (= nicht geraten) und somit — da er an seiner Misere nicht selber schuld ist — als *Bachel* zu bedauern. Der *Bachel* als Tölpel oder Tor ist im schwäbischen Schimpfwort-Schatz sehr gebräuchlich, jedoch im allgemeinen als Ausdruck von Mitgefühl und nicht als Beleidigung zu werten. Da müßte man dann schon den *Allmachtsbachel* bemühen.
Daß dieser *Bachel* — wie übrigens auch der *Tübinger Balla* und der *Hamballe* auf den akademischen Grad eines *Bakkalaureus* zurückgeht, ist möglich, aber nicht erwiesen. Zusammenhänge mit dem *Balle'* (= Rausch) sind auch nicht auszuschließen.
Wenn so ein *Bachel* einem anderen *Bachel* allerdings unversehens eine *bacht* (= ihn ohrfeigt), hat das mit *Gebäck* oder *Backwerk* nur noch insofern etwas zu tun, als dem Be- und Getroffenen *dr Backe'* (= die Wange) heiß wird, wobei zu bemerken wäre, daß *die Backe* des Schwaben männlich ist — auch als *Henter-* oder *Arschbacke'*. Einem *d'Backe' verschlage'* kann somit doppeldeutig sein.
Das Gegenteil von *net ganz bache'* ist *allbache'* (= altgebacken, nicht mehr frisch). *Allbache'* kann eine Brezel oder ein Wecken sein, aber auch im übertragenen Sinn die Kleidung, die Wohnungseinrichtung oder die Lebensauffassung. Man kann also *allbachene Kloider* tragen und *allbachene A'sichte'* haben.
Ein treffliches, wenn auch anrüchiges Beispiel für den Begriff des *Allbachenen* findet sich wiederum in den berühmt-berüchtigten *Tübinger Gogen-Witzen:*

Mehrere Wengerter vespern in einer Besenwirtschaft. Es duftet übel und jeder beschuldigt den anderen, er habe die Hosen voll. Schließlich einigen sie sich auf den Augenschein im Abort. Die ersten beiden melden ihre Unbeflecktheit. Beim Hinausgehen der nächsten zwei sagt der Gottlieb zum Frieder: »Des will-e dr aber glei sage','s Allbachene gilt fei' net.«

Trotzdem:

Mit voole Hose' ist guat stenke'!

batte'

Die Herkunft des Ausdrucks ist umstritten, die Bedeutung erfreulich variabel. Wenn es z. B. nach langer Trockenheit zwei Tage lang ununterbrochen regnet, so *battet* das, d. h. die Feuchtigkeit reicht aus, ist dienlich und nützt. Es *langt. Batte'* kann aber auch eine kalorienreiche Mahlzeit oder eine ordentliche Tracht Prügel bzw. eine Schimpfkanonade. In jedem Fall bekommt man genügend davon ab. Andererseits ist es schlimm, vielleicht sogar hoffnungslos, wenn eine Ermahnung, eine Warnung, eine Arznei oder gar ein Gebet *nemme battet* (= nichts mehr fruchten, erfolglos bleiben). Von einem unfruchtbaren Boden sagt man:

Do battet koi' Bete' maih,
do ghairt Mist na'!

Bank

Was er gespart (= sich erspart) hat, trägt auch der Schwabe auf *die* Bank. *Ausgruabe'* (= ausruhen) aber tut er sich auf *dem* Bank, *der* wie *der Butter, der Backe', der Schurz, der Zeh, der Radio, der Sofa* und *der Schoklad* männlich ist. – Ein Glück, daß es da noch das neutrale *Bänkle* gibt, auf dem man unbekümmert schmusen kann:

Das Annale sitzt mit einem Studenten im Seufzgerwäldle auf einem Bänkle. Zunächst spricht man über das Wetter, und die Kleine meint: »Heut ist-es aber arg donkel, Herr Krause, alloi' tät i mi do fürchte'.« – »Sie haben recht, Fräulein Anna«, stellt der Studiosus fest, »man sieht die Hand vor den Augen nicht.« – »Na, na«, kichert das Annale, »do hent Se ihr Hand aber fei' net.«

Wer im übrigen glaubt, daß wir *durch de' Bank* (= allesamt), also *dr Roih noch, wia mr uf-em Bank hocket,* über uns selber derselben Meinung wären, irrt; denn *'s geit sotte (= solche) ond sotte – ond we-mr g'nau guckt, sogar meh sotte wia sotte!*

Behne

Die schwäbische *Behne* (= Bühne) liegt unter dem Dach des Hauses und wird vornehmlich zum Aufbewahren überzähligen Hausrats und zum Wäschetrocknen genutzt. Trotzdem hat sie mit der *Bühne des Theaters* — mit den Brettern, die die Welt bedeuten — einiges gemeinsam:
Sie erhebt sich — zumindest, soweit dies mit dem Meterstab nachweisbar ist — deutlich über das allgemeine Niveau. Außerdem besteht der Boden ebenfalls aus Brettern.
Ob das vielleicht letztlich der Grund ist, daß unsere »häusliche« Bühne im norddeutschen Raum *Boden* genannt wird?!

> *»Der Tag fangt guat a'«, hot seller Spatz gsait, wo-n-en d'Katz d'Beahnesteag nuftrage' hot.*

Beig'

Unter einer *Beig'* — abgeleitet von mittelhochdeutsch *bîge* = Getreidehaufen — versteht man heute im allgemeinen einen Holzstapel und spricht von *Holz-* oder *Scheiterbeig'*. Da das gespaltene, gescheitete Brennholz als ungeordneter Haufen zuviel Platz einnimmt, *beigt* (= schichtet, stapelt) man es an der Hauswand hoch. So hat man Holz *vor-em Haus,* was man in übertragenem Sinne freilich auch vollbusigen Frauenzimmern nachsagt. Wenn jemand beim Essen Unmengen *verdrucke'* (= vertilgen) kann, versteht er es, in seinem Magen zu *beigen,* und bei einem Kind, das e *Kopperle* tut (= aufstößt, rülpst), *ist em Bäuchle 's Beigle omgfalle'*.
Schlimm ist's allerdings, wenn einer *Schulde' wia Scheiterbeige'* hat, andererseits bleibt auch reichen Leuten die Arbeit des *Beigens* nicht erspart:

> *Mr soll's Geld bügle, eb mr's beigt!*

b'häb

Ursprünglich bedeutet *b'häb* so viel wie festschließend, dicht, knapp, genau. Flaschen und Fässer, aber auch Schachteln, Büchsen sowie Fenster und Türen können *b'häb* verschlossen sein. Und wenn ein junger Bursch *stoi'b'häb* (= dicht wie ein Mauerstein am andern) *zu einem Mädle na'hockt,* hat er gewisse Absichten.

Am Stammtisch *wenig Platz zu haben,* hat zur Folge, daß es durch den starken Besuch *b'häb,* also knapp zugeht, daß man wie *d'Häsläus* (= Kleiderläuse) aufeinandersitzt.

In übertragenem Sinn kann *b'häb* aber auch *sparsam* und *geizig* u. U. sogar *engstirnig* bedeuten. Von einem, der zu geizig ist, seinen Gästen Brot anzubieten, sagt man: *Der hot e b'häbe Tischlad'.*

Bletz

Wer einen *Bletz* braucht, ist im allgemeinen *letz* (= übel) dran. Immerhin ist eben dieser *Bletz* ein gutes altes Wort, das man – nach Josef Karlmann Brechenmacher (1877–1960) – »trotz des gewalttätigen Vordringens des norddeutschen *Flicken* nicht aufgeben sollte«. – Recht hat er!!

Von Haus aus bedeutet der *Bletz* ein Stückchen Zeug zum Ausbessern der Kleidung oder zum Verbinden eines verletzten Fingers, aber auch ein kleines Stück Land und schließlich eine kleine Wunde. Pate stand für diesen Ausdruck zunächst das mittelhochdeutsche Zeitwort *bletzen* (= verletzen). Sprachkundlich aufschlußreich ist, daß dieses Wort dann Jahrhunderte später über das französische *blesser* (= verwunden) in der Form *blessieren* und *Blessur* wieder in den deutschen bzw. schwäbischen Sprachschatz aufgenommen wurde. Mit *Pläsier* freilich sollte man das nicht verwechseln.

Im übrigen ist bekanntlich *e wüaster Bletz älleweil noh schöner wia-n-e schö's Loch.* Auch heißt es:

Bletz am Fiedle, Bletz am Loch.
Hongerleider send mr doch.

Um Stuttgart herum ist folgender Spruch im Schwang:

D' Nähere vo' Degerloch
setzt de Bletz nebe's Loch.

In der schwäbisch-alemannischen *Fasnet* lebt der *Bletz* in den *Bletzlesbuabe'*, den *Bletzlern*, d. h. im *Bletzleshäs* (= aus kleinen Textilstücken zusammengesetztes Narrengewand) bis heute fort.

Unter uns gesagt: Auch dieses Buch — inhaltlich mühsam zusammengesucht und mehr oder weniger geschickt zusammengeflickt — besteht ebenfalls *aus lauter Bletz!*

Bobbel

Als Garnknäuel ist der *Bobbel* (ursprünglich Poppel) von lateinisch *papula* = Knötchen) zunächst das Requisit eines strickenden oder häkelnden weiblichen Wesens und in jedem Fall eine runde Sache. Letzteres gilt auch für den *gautschenden* (= wippenden) *Bobbel* auf der Pudelmütze, der nördlich der Mainlinie volkstümlich *Bommel* genannt wird, und in Strickheften nach Duden auf »gut deutsch« als *Pompon* erscheint. Als gemäßigtes Schimpfwort schließlich kennzeichnet der *Bobbel* einen etwas unbeholfenen nicht übergescheiten Zeitgenossen.
Kleinere *Bobbel* werden *Böbbele'* genannt, auch wenn sie nicht gerade knigge-gemäß aus der Nase *gegrubelt* (= *gepopelt*) werden. Ein *Bobbele* kann aber auch ein rundliches Kind oder ein polternder Hausgeist, ein Kobold sein.
Auch die *Rösle' beim Rosenkohl* sind *Bobbel* oder *Böbbel*, die man vor der Zubereitung *von dr Stang' abzopfe'* (= abzupfen), also *abböbble'* muß. So kommt es, daß man auf dem Tübinger Wochenmarkt *aaböbblete'* oder *o'aaböbblete'* (= abgezupften oder unabgezupften) Rosenkohl kaufen kann. Eine sehr beliebte Ausspracheübung übrigens beim Schwabenseminar.

Bolle'

Der *Bollen* ist so kugelrund wie der *Bobbel,* nur größer und gewichtiger. Die roten oder schwarzen *Bollen* auf den *Bollenhüten* der Gutacherinnen im Schwarzwald sind somit nichts anderes als große *Böbbel.* Im übrigen ist der *Bollen* Steigerung und Maßeinheit zugleich.

Wenn einer z. B. bei einer *Bolle'hitz* (= starken Hitze — in der Umgangssprache zu *Bullenhitze* verfälscht!!) in seiner *Bolle'wuat* (= übermäßigen Wut) mit *Dreckbolle'* um sich *schmeißt* (= mit größeren Erdbrocken wirft), kann das zu einer *Bolle'sauerei* (= üblen Schweine- bzw. Keilerei) ausarten.
Dagegen wird ein anständiger *Bolle' Wurst* (= üppiges Stück Wurst) den Bauch eines passionierten Freßsacks nicht minder friedlich ausfüllen wie ein aus der Form geratenes *Bolle'weib* eine zweischläfrige Bettlad'. — Und wenn wir schon bei massiven Weibsbildern sind, rasch noch einen *Bolle'witz:*

Zwei bösartige Weiber streiten sich auf der Straße. Als die eine die andere »e taube Henn« heißt, hebt die Beleidigte einen frischgefallenen »Roßbollen« von der Straße auf und wirft ihn ausgerechnet der anderen in den weit aufgerissenen Mund, so daß dieser die warme Brühe hüben und drüben an den Backen hinunterläuft. Voller Zorn und blau im Gesicht würgt diese die Worte heraus: »Soo, aber . . . , aber der bleibt dren, bis d'Polizei kommt!«

Breste'

Zurecht als veraltet deklariert, finden wir im Duden immerhin noch die Ausdrücke *bresthaft* (= gebrechlich) und *Gebresten* (= Krankheiten, Leiden) aufgeführt. Aber auch in der Mundart sind *Breste'* nur noch für die ältere Generation ein Begriff. Trotzdem erscheint es lohnend unter diesem Stichwort die mancherlei *Kra(n)kete'* (= Krankheiten) auf schwäbisch vorzustellen.
Da sind zunächst als Kinderkrankheiten *de raote Flecke'*, die roten Flecken, wie man die Masern nennt, und der *Woche'dippel* als Bezeichnung für den Ziegenpeter, den Mumps. Im Alter hat man dafür zum Ausgleich *Reißmadeis,* wogegen die Ärzte im allgemeinen mit Medikamenten vorgehen, die auch gegen Rheumatismus helfen sollen.
Die gängigste Krankheit freilich ist, sofern man vom harmlosen *Wehwehle* absieht, das *Waih* (= Weh), das von oben nach unten als *Schädel-, Aohre-, Hals-,*

Kreuz-, Ranze'-, Bauch- und *Heahnerauge'waih* vorkommt und erst dann endgültig gebannt ist, *wenn oim koi' Zah' maih waih tuat.*
Und wenn wir schon beim *Waih* sind, das natürlich auch als *Hoimwaih* (= Heimweh) weh tut, so kommen wir unmöglich um den im Schimpfkalender dick zu unterstreichenden *Waihtag* herum, der bei Bedarf sogar noch zum *waihtageten Waihtag* gesteigert werden kann, aber nur Männern gegenüber gebräuchlich ist. Der Ausdruck geht auf den periodisch auftretenden *Wehetag*, auf die Fallsucht, die Epilepsie zurück und ist gleichzusetzen etwa mit dem *elende' Siach*, dem von einer Seuche befallenen dahinsiechenden Kranken. Hier reichen in unsere Mundart noch sehr deutlich mittelalterliche Vorstellungen herein. Im übrigen gilt wie eh und je:

Ein älterer Mann kommt zum Doktor in die Sprechstunde. Schon unter der Tür ruft er: »Heut möcht e aber emol ganz gröndlich ontersuacht werde.« — Der Arzt fragt lächelnd: »Ja, wo fehlt's Ehne denn?« — Da schmunzelt der Patient und meint: »Ha, sell tät Uich so passe'! I sag nix! Des sollet doch Ihr rauskriage'! Send Ihr dr Dokter oder i?«

Und noch einer:

Der Frieder ist herzkrank und hat Wasser in den Füßen. Der Arzt verbietet ihm daher, größere Mengen an Flüssigkeit zu sich zu nehmen und beschränkt die Tagesration auf einen Liter. Darauf der Frieder wehmütig: »Oh, Herr Dokter! Lent Se mr wenigstens so viel, daß-es beim Scheiße' net stäubt!«

Buchstäblich hautnah sind *Blose'* (= Blasen) oder *Blotere'* (vgl. Blattern = Pokken), die durch Verbrennung oder schlechtes Schuhwerk hervorgerufen werden. Das *Bläsle* oder *Bläterle* kann auf der Zunge recht unangenehm werden; sofern es in Mehrzahl vorkommt, handelt es sich um einen Hautausschlag. *Eiterböbbel* und *Eiße'* sind Furunkel, und unter *Rufe'*, *Schronte'* und *Dorweck* versteht man die Wundkruste, den Schorf.
Eine sprachliche Besonderheit haben wir beim Schnupfen (= Katarrh). Der kann nämlich als *Schnupfe'* männlich, als *Schnudrete* weiblich und als *Gschnuder* sächlich sein. Ein wirklich probates Mittel dagegen hat man freilich noch immer nicht gefunden.

VERSCHNUPFT

Eb mr dra'denkt, hot's oin schao'!
Hatschi! — Gsondheit! — Jo, vo'weage',
weeler Duppel wurd beim Reage'
au zom Schatz uf d'Gaß naus staoh'?

Hatschi! — Wohr isch! — no net frotzle'!
Wo ist bloß mei' Sacktuach ane? —
Heiligs Blechle, schliaßle ka'-n-e
net uf mei' Kravättle rotzle'!

Hatschi! — Jo, des kommt davo'!
Worom hot mei' Mädle au
mi net nei' en's Stüble glao'!?
Hatschi! — 's ist mr nomol so.

Oh, i kööt mr d'Hoor rausrupfe'!
Hatschi, hatschi! — Jetz isch Schluß:
Morge' gib-e re' en Kuß,
ond noh kriagt se-n au — — — de' Schnupfe'!

Nach dieser genüßlichen Rache rasch noch zum Husten, der einen hierzulande als biederer *Huaste'*, als *Kolterer* oder gar als *Friedhofsjodler* heimsuchen kann.

Der Hemme und der Frieder gehen zusammen über den Friedhof. Plötzlich wird der Frieder von einem heftigen Hustenanfall geschüttelt. Von seinem Kameraden darob bemitleidet, deutet er auf die Gräber und meint: »Dia wäret fraoh, wenn se noh huaste' könntet!«

Außer dem gewöhnlichen Husten gibt es aber auch noch den *Boge'huaste'*, womit der empfindsamere Schwabe wie mit *Bröckele' lache'* oder *rückwärts vespere'* das harte Wort *kotze'* (= erbrechen, sich übergeben) umschreibt.

Ein von der Kneipe heimkehrender Student übergibt sich auf der Neckarbrücke. – Der Heiner, der gerade dazukommt, meint: »So isch reacht, Herrle, no's Arschloch gschont!«

Am reichhaltigsten ist das Vokabular für die – häufig explosive – rückwärtige Entladung, die man in gehobenen Schichten als Abweichen oder Durchfall bzw. als Darmkatarrh bzw. Diarrhöe diagnostiziert. Wieviel bildhafter ist da doch die *Scheißerei, Scheißete, Lochschnättrete, Schnellkätter* oder gar die *Strudelfurzete!!*

bronze'

Um das gleich vorwegzunehmen, mit der *Bronzezeit* hat das nichts zu tun, wenngleich man auch damals schon zum *Bronze'* Zeit brauchte. Da im Schwäbischen jedes U vor einem Nasallaut zu einem O wird, wie das I zu einem E, haben wir es exakt mit *brunzen* zu tun. Auch wenn die sprachliche Herkunft ungeklärt ist, bleibt der Sinn doch eindeutig. Schöpfen wir gleich einmal aus dem *Brunnen* unserer Sprache. Es handelt sich dabei um den bildhaften Monolog eines Zugschaffners auf dem Bahnhof von Durlesbach:

He, Sia! Was urinieret Se denn do an de Wage' na'? Des isch doch koi' Platz zom Harne'. Wenn Se pinkele' wöllet, müaßet Se do na'strahle', wo au de andere Leut ihr Wasser abschlaget. Do könnet Se noh zinsele' ond pinsele', so viel Se wöllet. Aber do de Wage' verbronze', Sia Schiffbeutel, Sia versoichter, des geit's fei' net!

Daß der betreffende Passagier an den besagten Eisenbahnwagen auch noch hätte *na'rolle*, also *ein Rolle mache'* können, ist dem erzürnten Kondukteur offensichtlich nicht eingefallen. Im übrigen bezeichnet *das Rolle* vor allem bei Kindern auch das weibliche oder männliche *Bronzerle*, das *Bronzzeug.*
Der zur *Mitternachtsvase* geadelte *Nachttopf* erscheint im Schwäbischen wie der *Nachthafe'*, das *Häfele*, das *Nachtg'schirr* und der *Potschamber* (von französisch *pot de chambre*) auch als *Bronzhafe'* oder *Bronzkachel.*

Wie unentbehrlich ein solches Gefäß selbst für einen lyrischen Theologen wie *Eduard Mörike* war, entnehmen wir seinem anfangs Februar 1832 in Ochsenwang geschriebenen Brief an *Friedrich Theodor Vischer:*

... Ich halte mir einen Staren. Ich bitte Dich, das wäre was für Dich! Da gibt's Bemerkungen über den tierischen Humor. Tue Dir doch einen ein. Auf den Frühling wenigstens in Dein Schlafzimmer. Du hast tausend Freuden von dem Spitzbuben. Nur eins bedingt er sich aus, und diese Kondition zählt er Dir gleich in den ersten Minuten, da er ins Zimmer steigt, ärschlings redlich auf den Boden. Aber auch das gehört zu seinen schönsten Amüsements. Nur ein Beispiel: Er nahm seinen Nachtsitz neulich auf dem Rand eines Potchambers, daß ich nicht wußte, ihm sonst auch nie eingefallen war zu tun. Um ein Uhr wach ich auf und mache mein klein Geschäfte, sehe den Halunken im Mondschein, wie er verwundert umguckt, sich aber nur auf eine andere Seite rückt und übrigens nichts dagegen hat, daß ich den Strahl neben ihm hinablasse. Mit wahrer Rührung stellte ich das Gefäß ganz sachte wieder an seinen Ort und er und ich schliefen wieder ein ...

Darauf müßte man eigentlich ein Lied anstimmen. Wie wär's mit

Wenn alle Brünnlein fließen ...?

Caesar

Er ist an den märzlichen Iden
Ganz unerwartet verschieden.
Man hat ihn entleibt.
Ein Zustand der bleibt.
Doch Brutus war mit sich zufrieden.

Er war nachweislich kein Schwabe, der auch als Feldherr und Staatsmann bekannte römische Autor des Bestsellers »de *bello* gallico«, aber ich kannte einen schwäbisch *bellenden* Dackel gleichen Namens. Er hätte nach Caesar natürlich genau so gut *Bello* heißen können.

Dackel

Als stolzer Dackelbesitzer und im Dackelklub organisierter Dackelfreund müßte ich mich hier eigentlich für befangen erklären, denn

Se hent me gwählt auf's Rothaus nuf.
Mei' Weib ist net begoistert.
Jetz gang dr letzt Rest Luse druf,
denn so en Amt ghair' gmoistert.
Mei' Hond, mei »Fetz« zwor (no koin Neid!),
der macht en Mordsspektakel,
stellt vooler Stolz de Schwanz ond geit
jetzt a' als Stadtratsdackel.

Das hinderte den Tübinger Gemeinderat leider nicht daran, im Jahre 1974 mehrheitlich eine hundertprozentige Hundesteuererhöhung zu beschließen — gegen meine Stimme natürlich:

Dia ganget ans Mark,
dia hondert Mark!
Do kommst uf de Hond
mit'me Hond. —
Zwor meim »Fetz« ist des wurst;
dem goht's bloß om d'Wurst.
So ist mr dr Dackel
wege'me' Dackel!

Aber Schwamm drüber! *Wie ein Dackel zu schaffen* oder *für andere den Dackel zu machen,* ist nicht jedermanns Sache, *ein Dackel zu sein,* an sich noch keine Schande. Mein »Fetz« *ist* es schon zeitlebens und — bei *dem* Herrle kein Wunder! — sicher nicht ungern. Und wenn wir beide gemeinsam zum samstäglichen Frühschoppen in der Weinstube Fritz Schmid in der Jakobsgaß erscheinen, so ist die

traditionelle Begrüßung *»so, kommet ihr zwoi«* als Ausdruck freundschaftlicher Verbundenheit zu werten und als Bestätigung dafür, daß wir beide in dieser Runde voll *ästimiert* werden.
Absolut und grundlegend anders sieht es aus, wenn man von irgendeinem hergelaufenen Zeitgenossen *als Dackel tituliert*, bzw. *zum Dackel ernannt* wird. Dabei mögen Variationen wie *Allmachts*dackel, *Erz*dackel, *Granate'*dackel, *Mords*dackel, *Sau*dackel, *Schmalz*dackel und selbst der als *»Wiese'waldele«* mit Beißkorb versehene *Gras*dackel noch als Ausdruck momentaner Verärgerung hingehen, der *Halb*dackel indessen überschreitet *als halbierter einfacher Dackel* bei weitem das Maß des Zumutbaren und bedeutet für jeden selbstbewußten Schwaben eine vorsätzliche und beleidigende Unterstellung, die in ihrer Böswilligkeit nur noch übertroffen werden kann mit der dackelhaften Feststellung:

Aus dir könnt mr glatt drei Halbdackel mache'!

Deng

E Deng (= Ding) ist zunächst einmal auch bei uns eine sächliche Sache. *E saubers Deng* oder *e Dengle* dagegen ist weiblichen Geschlechts und zumeist jung. Demgegenüber ist ein *Denger* ein etwas bärbeißiges Mannsbild, dessen weibliches Gegenstück *Denge* oder gar *Dengere* heißt. Dabei sind diese Ausdrücke durchaus nicht bös gemeint. *E grausiger Denger* frotzelt gern, während *e glatte Denge* einer *»lustigen Nudel«* gleichkommt.
Wenn aber e Denger mit so're Dengere kromme Denger dreht, ist des scho e Deng!

Dock

Mit *Docke* bezeichnete man ursprünglich einen *Garnstrang*. Da man daraus für Kinder leicht eine *Puppe* mit Kopf, Armen und Beinen herstellen konnte, wurde die *Garndocke* zur *Puppe*. Die Verkleinerungsform von *Dock* ist *Döckle* oder

Dockele. Man kann aber auch *dockele'* (= mit Puppen spielen oder Puppen einkleiden). Puppenhaftes ist *dockelig.*
Im übrigen hat der schwäbische Liebhaber sein *sauberes Döckle* so gern wie der Berliner seine *dufte Puppe.* Ist aber dem Berliner erst seine *Puppe schnuppe,* so läßt der Schwabe *sei' Docke' hocke'!*

donderschlächtig

Mit schlachten oder Schlacht hat dieser Ausdruck nichts zu tun, er ist vielmehr auf einen gewaltigen Donnerschlag zurückzuführen. Dabei handelt es sich ähnlich unserem *saumäßig* um ein außerordentlich beliebtes und vielseitig verwendbares Kraftwort. Man kann sich z. B. über etwas *donderschlächtig* freuen oder auch ärgern, kann *donderschlächtig* Glück haben, reinfallen oder auch Schläge bekommen. Ja, ein Liebespaar kann sich sogar *donderschlächtig gern* haben. — *Ist des net donderschlächtig?!*

Ente'klemmer

Wortwörtlich in seine Bestandteile zerlegt, handelt es sich hier um die zum Federvieh zählende — im bäuerlichen Dialekt *Geit* genannte — *Ente* und um einen *Klemmer.*
Zu Mißverständnissen kann das führen, wenn man den *Klemmer* in diesem Fall mit *Zwicker* oder gar *Kneifer* übersetzt, für die *Ente* also zur Verbesserung ihrer Sehschärfe den Optiker bemühen wollte. Auch die große *Waldameise,* die — ebenfalls *Klemmer* genannt — *im Klemmerhaufen* lebt, verhält sich Enten gegenüber zurückhaltend. Eben das aber kann man vom passionierten *Entenklemmer* nicht behaupten. Im Gegenteil, dieser greift der Ente nämlich recht unverhohlen an den

legefreudigen *Bürzel* (= Steiß) und befördert sie, sofern er Oval-Gewichtiges erfühlt, hinter *Gitter* oder *Gatter* (= Umzäunung), um zu verhindern, daß sie ihr Ei etwa irrtümlicherweise auf das Grundstück des Nachbarn legt.
So bezeichnet der *Entenklemmer* als Schimpfwort einen Geizhals, der in seiner kleinlichen Sparsamkeit nur noch vom *Furzklemmer* zu übertreffen ist, der buchstäblich zu *bhäb* ist, seinem eigenen Furz frische Luft zu gönnen.

erbe'

Der Schwabe ist nicht nur sparsam, sondern auch *»arg interessiert«*. Wo es etwas zu *erben* gibt, hat er das schnell heraus, und so manche Ehe wird nicht nur wegen der zu erwartenden Mitgift, sondern auch im Hinblick auf die spätere Erbschaft geschlossen. Da heißt es dann:

Für en arme' Vatter ka' mr nix, aber für en arme' Schwiegervatter!

Im übrigen ist naßkaltes, aber auch föhniges Wetter für alte Leute bekanntlich gefährlich. Die Sterbequote steigt dann. Das ist dann *e Wetter zom Erbe'!*
Es soll allerdings auch schon vorgekommen sein, daß jemand die Erberei so satt hatte, daß er ausrief:

Bloß net nomol e Äckerle, liaber nomol e Sofäle!

Ein originalschwäbischer Schaffer war der freilich nicht.

Fasnet

Über die sprachliche Herkunft der *Fasnet* (= Fasnacht – Fastnacht) werden sich Theologen, Philologen und Volkskundler wohl nie einigen können. Wenn Sie mich als gelernten Germanisten und Volkskundler fragen, so hat die *Fasenacht* mit dem kirchlichen *Fasten* vor Ostern so wenig zu tun wie die ursprüngliche *Weihenacht* mit Christi Geburt. Das *t* der Fas-*t*-nacht wurde vielmehr vom Klerus im Hinblick auf die beginnende Fastenzeit erst im 12. oder 13. Jahrhundert nachträglich ein- bzw. untergeschoben.
Für Kenner der *schwäbisch-alemannischen Fasnet,* die im südlichen Schwarzwald, in der Baar, am oberen Neckar, am Bodensee und in Oberschwaben gepflegt wird, geht die *Fasnet* letztlich über *fasen* und *faslen* auf das mittelhochdeutsche *faseln* (= tollen, schwärmen, ausgelassen bzw. brünstig sein) zurück, auf vorchristlichen Fruchtbarkeits- und Frühlingskult also, der sich der Vermummung und des Lärms als Abwehrzauber bedient. Gestützt wird diese Auslegung auch durch die heutige Bedeutung des Wortes *faseln* bzw. *Gefasel,* worunter man dummes, *närrisches* Geschwätz versteht. Wenn einer gar etwas *zusammenfaselt,* so nimmt er es mit der Wahrheit nicht so genau; er tut so, als ob, und setzt sich somit sozusagen eine Maske auf. Schließlich sind auch Zusammenhänge mit dem gutschwäbischen *faselnäcket* bzw. *hautfuselfaselnäcket* (= bis auf die blanke Haut nackt) denkbar. Ist erst einmal die Vermummung, die Maske, die letzte Hülle gefallen, hilft auch kein *Gefasel* mehr.

Noch einen wesentlichen Schritt weiter bringt uns die in einem Teilgebiet der Schwarzwälder Fasnetlandschaft erhaltene alemannische Mundartform *Fasend* oder *Fasent*, die sicherlich als *Fas-End*, als Ende der Fasnet zu verstehen ist. Setzt man dann für dieses End als Ende des Tages die Nacht, sind wir wieder bei der *Fasnacht*, die — und das ist eine weitere Stütze dieser These im rheinischen Dialekt *Faseloved* (= Faselabend) heißt. Fazit: *Die Fasnet ist das Ende der Faselzeit und nicht der Beginn der Fastenzeit!* — Was zu beweisen war!
Zur allgemeinen Begriffsverwirrung *Fasnet — Fasching — Karneval* sei kurz festgestellt, daß sie Fröhlichkeit, Vermummung, Maskierung, Lärm und Umzüge gemeinsam haben. Die *schwäbisch-alemannische Fasnet* ist im Gegensatz zu Fasching und Karneval bestimmt von einer durch strenge »Gesetze« gebändigten Fröhlichkeit. Sie hat ganz bestimmte, im einzelnen auf »Rollen« festgelegte Narrentypen und einen traditionell vorgeschriebenen Verlauf (Narrensprung). Sie ist überdies stark im ländlich-bäuerlichen Raum verwurzelt und im wesentlichen eine Straßenfasnet.
Dem gegenüber sind *Fasching* und *Karneval* mit Prinz, Prinzessin und Elferrat, mit Prunksitzungen und Büttenreden ungebundener und im Grunde städtische Lustbarkeiten mit Individualmasken und aktuellen Bezügen. Jubel, Trubel, Heiterkeit mit weiblichen Garden (Tanzmariechen) sind bisweilen kaum zu zügeln.
Und wenn wir schon an der *holden Weiblichkeit* sind: Bis vor etwa zwanzig Jahren war die *schwäbisch-alemannische Fasnet ausschließlich Männersache!* So übte erst in allerjüngster Zeit der Rottweiler Zunftmeister scharfe Kritik daran, daß heuer immer mehr Narrensprungteilnehmer vom »schwachen« Geschlecht gestellt werden — wohlweislich mit Männerschuhen getarnt. Insbesondere wandte er sich gegen die Vorliebe weiblicher Narren für das *Benner Rößle*, eine traditionelle Reiterfigur mit Pferdeattrappe, die von zwei peitschenknallenden Treibern begleitet wird. Seine mit frenetischem Beifall — so die Tagespresse — der (natürlich) männlichen Zunftmitglieder bedachten Ausführungen gipfelten in der Feststellung:

»Haltet das Rößle sauber! — Stuten gehören nicht darunter!«

Früher freilich gingen Frauen und Mädchen, die sich erdreisteten, sich hinter einer traditionellen Maske zu verstecken, ein recht heikles Risiko ein. Sofern man sie nämlich als solche *entlarvte,* mußten sie damit rechnen, *gepelzt* (= aus dem Pelz gezogen) zu werden. Das heißt, die privilegierten männlichen Narren zogen ihnen – gegebenenfalls auf offener Straße und nicht eben sanft – das *Narrenhäs* (= Narrengewand) aus bzw. je nach Laune und leiblichen Reizen auch um etliches mehr. Gewiß, diese Darstellung ist übertrieben und dürfte sich auf Einzelfälle beschränkt haben. Der Ausdruck *faselnäcket* erfährt damit aber eine zusätzliche Deutung.

Ja, so streng waren damals die Bräuche!

Nach diesem historischen Strip-tease zurück zur *Fasnet,* von der es früher viele Abarten gab: So die *Weiber*fasnet, die *Bauern*fasnet, die *Herren*fasnet und auch die *Pfaffen*fasnet. Wenn einer schließlich *wia d'alt Fasnet hentedrei'* kommt, ist er eindeutig zu spät dran.
Tröstlich ist eines: Auf jede sprachliche Deutung verzichten können zum Glück unsere in Schmalz gebackenen *Fasnetsküachle',* von denen der *Schmotzig Dorstig* (= schmalzige Donnerstag vor Fasnet) seinen Namen hat.

Hoorig, hoorig, hoorig ist die Katz!

Fiedle

Abgeleitet von *Fudloch* bezeichnet das *Fiedle* (eigentlich *Füdle)* das Gesäß. Weniger barsch als der *Arsch* ist das *Fiedle* bedingt salonfähig:

Dere' ihr Maul goht wia-n-e Bachstelze'fiedle.
Do schnauft scheints oiner durchs Fiedle.
's ist koi' Not am Fiedle, solang's Hemmed net brennt.

Im übrigen, wenn jemand laut niest, braucht man nicht unbedingt »Xondheit« zu rufen. Man kann das auch bildhafter tun:

Helf dr Gott – en e Rehfiedle nei', noh kommst em Wald rom!

Flädle'

Als *kleiner Fladen* ist das *Flädle* wesentlich dünner als der übliche *Pfannkuchen*. Man serviert *Flädle'* zu Kompott wie zu Salat oder Spargel. In schmale Streifen geschnitten und in Fleischbrühe aufgekocht, erfreuen sie sich als *Flädlessupp'* selbst bei Staatsempfängen in Stuttgart höchster Wertschätzung.
Nebenbei bemerkt: *Es gibt Kuhfladen, aber keine Kuhflädle'!*

Gaisburger Marsch

Dieser *Marsch* hat im Gegensatz zum Zwiebelkuchen mit Musik nichts zu tun. Es handelt sich vielmehr um ein Musterbeispiel schwäbischer Toleranz. Statt des preußisch-zackigen Entweder-Oder kommt hier das liberale Sowohl-Als-Auch zum Zug.
Warum schließlich sollen sich vom Brettle geschabte *Spätzle'* nicht auch mit geschnitzelten *Kartoffeln* vertragen? Zusammen mit Ochsenfleisch in der Brühe wird dieser koexistentielle Eintopf zu einer gastronomischen Komposition internationalen Ranges. — Ich weiß, geschwollener ist der *Gaisburger Marsch* wohl kaum einmal vorgestellt worden.
Was den Namen betrifft, so sind die *Hausfrauen von Gaisburg* — einem Stuttgarter Teilort — noch nachträglich militärischer Ehren würdig. Haben sie doch mit solch kräftiger Hausmannskost vor dem 1. Weltkrieg die Wehrtüchtigkeit der häufig Kohldampf schiebenden *Grenadiere aus der nahegelegenen Bergkaserne* erhalten und gefördert. Daß sich letztere bei den Gaisburger Schönen entsprechend revanchiert haben, darf als sicher vorausgesetzt werden.

»Gaisburger Marsch«, so hoißt mr
en echte' Schwobe'schmaus.
E Schüssel vool, sell woißt mr,
dui battet ond geit aus.

Krommbiare'schnitz ond Spatze'
mit Zwiebel en dr Brüah!
Do zahl-e gern en Batze',
denn bschisse' bist do nia!

En Ochse'floisch, e saftigs,
soll au net übel sei',
ha, de-st fei' ebes Schnaftigs
en hohle Mäge' nei'.

En Batze' ond en Heller,
dia gilt 's, daß i mi trau!
Schao' noch-em fufte' Teller
schwitzt jeder wia-n-e Sau!

gell

Unser *gell* geht sprachlich auf *gelten* zurück. Man bekräftigt damit — gewissermaßen zur Selbstvergewisserung — seinem Gesprächspartner die *Gültigkeit* einer Aussage, einer Begebenheit oder eines Zustandes.
Wie variabel der Ausdruck ist, mögen folgende Beispiele zeigen:

Gell, des send noh Zeite' gwea! — Feststellung
Bei dem Tropfe' (= Weinsorte) *bleibet mr, gell!* — Vorschlag
Bist mr aber pünktlich, gell! — Mahnung mit erhobenem Zeigefinger
Gell, do glotzst! (= staunst du) — selbstgefällige Herausforderung
Jetz isch aber endgültig Schluß, gell! — energische Abwehr

Im übrigen liegt dem *gell* — zumindest gefühlsmäßig — das vertrauliche Du zugrunde. Fremden oder gesellschaftlich Höhergestellten gegenüber wird man es kaum gebrauchen. Nicht desto trotz, Ausnahmen bestätigen die Regel, und so ist wirklich nichts dabei, wenn die Minna als fleißiges Dienstmädchen nach einer üppigen Party ihrer »Herrschaft« treuherzig bestätigt:
»Geltet Se, Frau Direktor, onsere Gäst' hot's saumäßig g'schmeckt!«

g'heie'

Es gibt kaum ein Wort, das etymologisch durch Bedeutungswandel so vielschichtig und verwirrend ist wie unser *g'heie'*, das auf mittelhochdeutsch *geheien* (= niederwerfen) und *gehîwen* (= vermählen, begatten) zurückzuführen ist.
So kann jemand *selber d'Stiag nag'heie'*, d. h. durch Ungeschicklichkeit oder im Rausch die Treppe hinunter stürzen. Andererseits kann man aber auch einen unliebsamen Gesellen *d'Stiag nag'heie'* bzw. *schmeiße'* oder *napfluadre lao'*, was mit werfen zu übersetzen wäre.
Wenn der Pfarrer in der Kirche ein Brautpaar *von der Kanzel g'heit*, ist das freilich nicht wörtlich zu nehmen. Er verliest dann nämlich gegen Ende des Gottesdienstes vor der Gemeinde nur das *»Aufgebot«*. Hierbei ist der sprachgeschichtliche Zusammenhang von *g'heie'* mit der *Heirat* bzw. mit dem *Heia popeia* in Kinderliedern besonders aufschlußreich.
Was Wunder, daß *g'heie'* auch noch Ärger und Reue bezeichnen kann. Schließlich hat es schon so manchen *g'heit*, daß man ihn mit seinem späteren Hausdrachen *von der Kanzel g'heit hat*. Ich kann dazu nur sagen:

Mi tät's g'heie', wenn me's gheie' tät!

Glufe'

Unter einer *Gluf* (vom mittelhochdeutschen *kluf)* versteht man eine Stecknadel mit metallenem oder gläsernem Kopf. Der allgemeinen Sicherheit wegen pflegt man sie in größerer Gesellschaft im *Glufe'kisse* (= Nadelkissen) zu verwahren. Der *Glufe'kopf* gilt allgemein als Sinnbild für etwas winzig Kleines. Der *Glufe'michel* ist also ein kleinlicher Zeitgenosse, von dem man nichts Außergewöhnliches erwarten sollte.
Aber zurück zur *Gluf* als dem unentbehrlichen Hilfsmittel des Schneiders. Vier Zeilen aus dem Gedicht *»D Nähre'«* (= Die Näherin) von *Sebastian Blau* zeigen, daß man sie auch zweckentfremden kann:

Se rädlet ond fädlet, macht Spickel ond Bletz,
se raatschet ond baatschet ond woaß jedes Gschwätz.
Des mua'-ma' fei' könne', des mua'-ma' verstaoh':
e Maul voler Glufe' so schnäddere' lao'!

G'mächt

Dieses alte, aber kaum mehr gebräuchliche Wort, das *Michel Buck* (1832–1888) für Oberschwaben bezeugt, habe ich gewählt, weil ich einer neuerdings verbreiteten Auffassung entgegentreten will, der Schwabe habe keine bodenständigen Ausdrücke für den »kleinen Unterschied« zwischen Nabel und Knie. Das *G'mächt* bezeichnet allerdings gleichermaßen die weiblichen wie die männlichen Besonderheiten.
Die sprachliche Herkunft ist freilich nicht so eindeutig wie das, was damit gemeint ist. Es kann – im Sinne von *bei dere Machart bleibet mr* – von *mache'* (= herstellen) kommen, möglich ist aber auch ein Zusammenhang mit *möge'* (= gernhaben, lieben).
Im übrigen sind auch bei uns die bei Goethe nachzulesenden z. T. zotigen Ausdrücke bzw. bildhaften Umschreibungen üblich. Einem aufsässigen Reporter freilich habe ich, um ihn endlich loszuwerden, zwei garantiert originalschwäbische, dafür aber harmlose Bezeichnungen angedreht. Prompt erschien dann auch in der betreffenden Illustrierten ein Aufsatz über die schwäbische Sexualität unter der Überschrift »*Buabe'spitzle' und Mädlesschlitzle'*«.

Dazu eine »sprachschöpferische« Anekdote aus den Gogen-Witzen:
In seinem Wengerthäusle überrascht ein Gog nach Feierabend seine jüngste Tochter in den Armen eines Studenten, und zwar just in dem Augenblick, als sich dieser angelegentlich mit dem wohlproportionierten Inhalt ihres Mieders befaßt. Während es dem erschrockenen Babettle mit knapper Not gelingt, dem väterlichen Strafgericht durch rasche Flucht zu entgehen, sieht sich der verliebte Musensohn

unversehens von derben Fäusten gepackt. Vergebens sind seine Beteuerungen, es sei doch nichts Ernstliches passiert. Der aufgebrachte Gog nimmt ihn beim Wickel mit den Worten: »Nix do, Mändle, was-e gsehe' hao', hao'-n-e gsehe'! — Wer an d'Äpfel goht, goht au an d'Zwetschge'!«

Goge'

Dieser Neckname der Tübinger »Urbevölkerung« ist mit seinem zwischen *o* und *a* liegenden Vokal für Reingeschmeckte nicht leicht auszusprechen. Für die sprachliche Herkunft gibt es mehrere Deutungen; letztlich ist sie ungeklärt. *Eindeutiger* sind da schon die *Gogen-Witze,* die natürlich auch *zweideutig* sein können.
Im Bereich des schwäbisch-alemannischen, aber auch des gesamten deutschen Sprachraums nehmen die *Tübinger Gogen-Witze* mit ihrer schwerlich zu überbietenden Grobheit, ihrer sprachschöpferischen Treffsicherheit und makabren Pietätlosigkeit eine unumstrittene Sonderstellung ein. Außer Berlin, Hamburg und Köln oder auch Wien und Bern dürfte kaum eine andere Stadt — schon gar nicht in der Größenordnung von Tübingen — mit einer derart umfangreichen lokalbezogenen Anekdoten-Sammlung aufwarten können.
Der Grund für diese Sonderstellung ist letztlich — so ausgefallen das klingen mag — in der Gründung der Universität durch den Grafen Eberhard im Bart anno 1477 zu sehen. Der *Gogen-Witz* ist nämlich nichts anderes als die gesunde Reaktion einer selbstbewußten bäuerlichen Bevölkerung gegen den ihr übertrieben dünkenden Machtanspruch der Wissenschaft. Mit anderen Worten: Die Tübinger Wengerter, die sogenannten *Gogen* oder *Raupen* — bzw. ihre bodenständig gebliebenen Nachfahren — pflegten und pflegen sich auch heute noch gegen das anmaßende Gehabe und Getue gewisser Akademikerkreise mit elementarer Grobheit zur Wehr zu setzen.
Die anrüchigen — Verzeihung — *Scheißbrühleerer-Witze* z. B., die man im Schwäbischen sonst nirgendwo findet, sind deshalb nur aus dieser, auf die besonderen sozialen Verhältnisse in Tübingen bezogenen Sicht zu verstehen. Professoren wie Studenten, die zudem — auch das noch! — zu einem erheblichen Teil *»herein-*

geschmeckt«, also Nichtschwaben sind, soll auf solch drastische Weise beigebracht werden, daß sie trotz hoher Geistesgaben eben auch nur Menschen, nichts als Menschen sind.

Bei einer öffentlichen Feier kommt neben einen berühmten Professor ein Gog zu sitzen, der ihn aufs freundlichste grüßt. Als ein Toast ausgebracht wird, trägt er dem Professor Schmollis (Brüderschaftstrinken) an. Dieser: »Aber, mein Herr, ich kenne Sie ja gar nicht.« Der Gog: »Jesses, wenn mr oim seit 14 Johr 's Scheißhäusle leert!«

Ein Gog leert die Abortgrube einer Professorenfamilie. Die Frau Professor schaut vom Küchenfenster in den Hof hinunter, rümpft die Nase und ruft: »Aber, das riecht ja ganz entsetzlich!« — Antwort: »Hao-n-i des gschisse' oder Sia?«

Ein Gog hat mit seinem Weib zusammen eine Abortgrube geleert und steigt, um etwas nachzusehen, noch einmal in die Grube hinab, nachdem er zuvor ins Haus hat sagen lassen, es dürfe für einige Zeit nichts mehr heruntergegossen werden. Gleichwohl plätschert es hernach, und ein kräftiger Fluch tönt aus der Tiefe. »Ha, guck doch, wer's ist«, ruft die Karline hinab. — »I komm net reacht draus«, ertönt's von unten, »aber dr Physiognomie noch kööt's am End d' Professere (= die Frau Professor) *gwea sei!«*

Im übrigen ist der zuvor zitierte *Raup* als Neckname älter als der *Gog* und bereits für das Jahr 1576 auf einem Stammbuchblatt bezeugt. Sprachlich dürfte der Ausdruck über den *Rauhbautz* auf *ruppig* zurückzuführen sein. Dabei ist dieser Übername ausschließlich auf den Berufsstand der Weingärtner bezogen, im Gegensatz zum *Gogen*, der ganz allgemein den ländlichen Bewohner der Tübinger Altstadt meint.

Daß ein solch selbstbewußter Menschenschlag auch seine eigene Hymne hat, ist klar. Der historische Text der *Raupen-Hymne* besteht aus zwei Strophen. Die erste dürfte auf ein Botnanger Heimatlied zurückgehen, die zweite originaltübingerisch sein. Zur sachlichen Abrundung habe ich 1975 noch drei Strophen angehängt. Es ist Ehrensache, daß diese Hymne am Schluß jeder Schwaben-Seminar-Sitzung erklingt. (Melodie: Preisend mit viel schönen Reden . . .):

Karle, schmiar dei' Brust mit Lette',
ziag dei' Scheißdreck-Wammes a',
daß de au wia andre Raupe'
Scheißdreckbutte' trage' ka'st!

En dr Neckarhalde siebe'
ist e Scheißhaus ebe' voll.
Ond do sait dr Herr Professer,
daß mr's Scheißhaus leere' soll.

Ond dr Karle nemmt sei' Schapfe',
ruadlet rom en sellre' Brüah,
ond des stenkt granate'mäßig
schao' des Morgens en dr Früah.

Ob dem Gstank zuiht d'Frau Professer
d' Nase' nuf, als ob se's beiß.
Doch dr Karle tuat're z'wisset,
daß au sui koin Balsam scheiß.

En dr Neckarhalde siebe'
ist e Scheißhaus wieder leer.
Ond vom Scheißdreck vom Professer
werdet d'Prestleng graoß ond schwer.

Gosch

Steigert man das Wort *Mund,* so kommt man über das *Maul* zur *Gosch.* Gemeint ist damit das, was der Berliner *Schnauze, Klappe* oder *Fresse* und der Münchner neben *Gosch'n* auch *Fotz'n* nennt. Die *Berliner Schnauze* ist freilich

um einiges geräumiger als unsere biedere *Gosch.* Der *Gosche'hobel* (= Mundharmonika) — honoratiorenschwäbisch auch *Mundharf* genannt — wird bei Hohner in Trossingen deshalb in zweierlei Größen hergestellt. Das soll mit ein Grund sein, weshalb im Schwarzwald die Straßen häufig durch Langholzfahrzeuge in Richtung Berlin versperrt sind.
Doch zur Praxis! Man kann sich hierzulande nämlich auch recht *deftig a'gosche'* (angoschen = beschimpfen). Dazu einige Beispiele aus den Gogen-Witzen:

Di schlag i ao'gspitzt en Grondserdbode' nei', daß de onser Herrgott mit dr Beißzange' wieder rausziage' muaß.

Mändle, wenn de jetz dei' saudomme', ao'gwäschene Malefiz-Gosch net hältst, schlenker de i an de nächst best Wand na', daß de d' Leiche'frau mit-em Blechlöffel a'kratze' muaß.

Kerle, wenn i en Arsch hätt wia du e Gsicht, schäme tät-e me sogar beim Scheiße'!

Narr, wenn mr dir e Stück Zwiebel en d'Gosche' steckt, ist dr Ochsemaulsalat fertig!

Darauf grad mit Fleiß noch einen *Gogen-Witz:*

Zwei Taglöhner sind auf einem früheren Begräbnisplatz bei der Stiftskirche mit Grabarbeiten beschäftigt, dabei stoßen sie auf ein noch gut erhaltenes Skelett. Der eine betrachtet es aufmerksam und fragt schließlich: »Du Gottlob, ist jetz des früher e Ma' gwea oder e Weib?« — »Balla, saudommer«, entgegnet dieser, »des muaßt doch sehe', daß des e Weib gwea ist, se hot jo d'Gosch noh offe'!«

Wenn man unterstellt, daß es sich bei dieser archäologisch sicherlich aufschlußreichen Ausgrabung um ein alemannisches Reihengrab gehandelt hat, so ist damit bewiesen, daß eine weibliche *Schwert-* oder *Schlappergosch* unverwüstlich ist. Man kannte damals offensichtlich das heute bei Schwatzbasen übliche Verfahren noch nicht:

Wenn dui emol gstorbe' ist, muaß mr dere ihr Gosch extra z'taot schla(ge')!

Abschließend noch ein vertraulicher Hinweis: Ein Kuß auf ein *süßes Göschle* ist ungleich bekömmlicher als e *Gosch voll Reißnägel* oder *Glufe'!*

D' GOSCH VERBRENNT!

So ist es heut
(i mach's ganz kurz):
Se schreiet wege' jedem Furz
(dia gscheite Leut)
noch Diskussio'.
(Drom stenkt's au so!)
Ond isch an dem,
noh machet se
(ond ihren oigne' Mist, den bachet se)
aus jedem Scheißdreck e Problem!

gotzig

Abgeleitet von *gott(es)einzig* unterstreicht unser *gotzig* die Einmaligkeit einer Sache oder eines Ereignisses:

E gotzigs Stückle Brot ist meh wia gar koi's.
Mit'me gotzige' Gaul ka'mr net guat vierspännig fahre'.
E gotzigs Mol hot-er's mit sellem Mädle ghett,
ond scho' hot's Drilleng gea' (= gegeben).

Grüaß Gott!

Dieser »schwäbische« Gruß hätte mich vor über 36 Jahren fast um die sich gerade erst anbahnenden Sympathien meiner inzwischen Angetrauten gebracht. Von märkisch-preußischem Geblüt und somit evangelisch, erschien ihr mein unbeschwert fröhliches *»Grüaß Gott!«* verdächtig und gleichsam als römisch-katholisches Glaubensbekenntnis. — Dazu muß man wissen, daß mich die Zeitläufte damals als Soldat nach Potsdam geführt hatten, ich dort also *Reingeschmeckter*

war. — Immerhin wagte das holde Mädchen sehr bald und mutig die »Gretchenfrage«. — So stand einer engeren Bindung auch konfessionell nichts mehr im Weg.
Vom Sprachlichen her sei dazu noch festgestellt, daß es das bekannt gute Verhältnis des Schwaben zum lieben Gott ohne weiteres zuläßt, seine besten Freunde mit *»Grüaß Gottle!«* zu begrüßen.

G'sälz

Wer diese schwäbische Spezialität mit *Marmelade* gleichsetzt, setzt sich der Mißachtung aller *g'sälz*produzierenden Haushalte aus. Zwar handelt es sich jeweils um einen aus eingekochten Früchten bestehenden mit Zucker konservierten Brotaufstrich mit dem Unterschied, daß die Früchte bei der Marmelade zu Mus verkocht sind, während sie beim *Gesälz* im allgemeinen noch in kleinen Stückchen erkennbar bleiben. Im übrigen kann man Marmelade als fabrikgefertigte Konsumware in jedem Kaufhaus eimerweise kaufen. *G'sälz* hingegen wird nach individuellen Rezepten von der Frau des Hauses selbst eingekocht, in *G'sälzgläser* abgefüllt und ist weder käuflich noch bezahlbar. So können z. B. Nichtschwaben *G'sälz* nur von mitfühlenden Schwaben geschenkt bekommen, *gläslesweis als Versucherle.*
Was die sprachlichen Zusammenhänge betrifft, so sei darauf hingewiesen, daß bis zu Beginn des letzten Jahrhunderts das *Salz,* wenn auch vorwiegend für tierische Produkte das gängigste Konservierungsmittel war. Obst und Beeren konnte man zuvor allenfalls vermosten, brennen oder dörren, da der aus dem Ausland eingeführte Rohrzucker für weite Kreise unerschwinglich war. Erst der Rübenzucker brachte hier einen Umschwung. *So stand das Salz in seiner Bedeutung als Konservierungsmittel sprachbildend Pate bei unserem zuckersüßen G'sälz.*
Im übrigen macht's auch hier der Gehalt! So kann man G'sälz machen aus roten, schwarzen oder weißen *Träuble'* (= Johannisbeeren), aus *Prestleng'* (großen Erdbeeren — im Gegensatz zu Walderdbeeren) so gut wie aus *Welschersche'* (= Stachelbeeren — abgeleitet von welschen Erbsen und nicht, wie böse Zungen

behaupten, von welschen Ärschen!!), aus Him-, Heidel- und Brombeeren, aber auch aus *Kriese'* (= Kirschen), Quitten und Zwetschgen. Dabei ist es Geschmacksache, ob man diese Früchte z. T. miteinander kombiniert und so als Zweierlei-, Dreierlei- oder gar Viererlei-*G'sälz* auf den Frühstückstisch bringt.
Eine besonders markige Art *G'sälz* ist schließlich das *Häge'mark,* das aus Hage'-butte' (= Früchten der Heckenrose) gewonnen und zu Mus verkocht wird.
So, ond wer jetz noh koin Gluste' uf e G'sälzbrot hot, der soll halt Marmelade oder Konfitüre fresse'!

G'sangbuach

Wie anderswo gibt es auch im Schwäbischen *zweierlei Gesangbücher:* evangelische und katholische. Selbst im Zeitalter der ökonomisch wirkenden Ökumene spielen diese noch immer eine oftmals schicksalhafte Rolle:

Dr Frieder ond d'Gretel,
dia sehet sich gern,
doch ob se sich kriaget,
stoht weit en de Stern.

Er sei nix, er häb nix,
e Nixnutz vo' Ma',
so bruttlet d'Verwandtschaft
ans Gretele na'.

Se häb nix, se sei nix,
sei domm wia dr Blitz
ond faul sei se au noh,
sait d'Muater zom Fritz.

Kurzom, do wurd gschompfe'
ond d'Wohret verklemmt. —

Worom? — Ha, du Schlaule:
Weil's Gsangbuach net stemmt!!!

Man spricht hier auch vom *falsche' G'sangbuach,* das jemand hat. Das jeweils *richtige* d. h. *gleiche G'sangbuach* zu haben, kann jedenfalls nie schaden — beim Heiraten so wenig wie bei der beruflichen oder gesellschaftlichen Karriere! Dabei ist es eine ausschließlich *schwäbische Besonderheit,* daß man seinem zufälligen Gegenüber, sofern dieser alteingesessen ist, schon nach kurzer Bekanntschaft sein *konfessionelles Glaubensbekenntnis entlocken* kann. Man braucht nur ganz beiläufig auf Schule oder Kirche zu sprechen kommen, und schon weiß man, wo man dran ist:

Artikuliert der andere das Wort *Lehrer* mit geschlossenem *e,* wie es die neuhochdeutsche Schrift- und Bühnensprache vorschreibt, so ist er katholisch, sagt er aber mehr oder weniger breit *Lährer,* so sind seine Vorfahren irgendwann zum Protestantismus übergetreten. Dasselbe gilt für *Beten, Ehre, Leben, Seele* und *Segen.*

Es ist unbestreitbar, daß die schwäbischen Katholiken diese für den religiösen Bereich fundamentalen Ausdrücke lautgeschichtlich richtig aussprechen. Es fragt sich also, woher die vom Mittelhochdeutschen zum Neuhochdeutschen *sprachlich ungesetzmäßigen evangelischen Ä-Laute* kommen.

Ich bin kein Kirchengeschichtler, und es wird auch kaum möglich sein, solche sprachlichen »Mutationen« dokumentarisch nachzuweisen. Tonbänder gab es in der Zeit der Reformation schließlich noch nicht. Historisch belegt ist jedoch, daß sich nach Einführung des Protestantismus in Württemberg durch die Herzöge Ulrich und Christoph die meisten schwäbischen Geistlichen konservativ verhielten und nicht zur neuen Lehre übertraten. Sie wechselten vielmehr in katholisch gebliebene Territorien über mit dem Ergebnis, daß es um Stuttgart, Tübingen und Urach herum zunächst allenthalben an Seelsorgern fehlte.

Was lag da für den Württemberger Landesvater näher, als solche von Glaubensgenossen nördlich der Mainlinie, von protestantischen Fürsten aus Thüringen und Sachsen z. B. zu erbitten. Schließlich verfügte man über den Humanisten *Philipp Melanchthon* (1497—1560), der es am Tübinger Stift zum Magister ge-

bracht hatte und als enger Freund Luthers in Wittenberg wirkte, über beste Beziehungen.
Diese hereingeschmeckten Pastoren aber verkündigten von der Kanzel in ihrer Mundart die neue Lähre. Eine verbindliche deutsche Schriftsprache war ja erst im Entstehen. *Sie predigten also zu Gottes Ähre vom ewigen Läben und von der unsterblichen Säle und gaben den Gläubigen nach dem Gebät ihren Sägen dazu.*
Über die protestantischen Predigerseminare wurde so eine *schwäbisch-evangelische »Lautverschiebung«* ausgelöst, die — bis in unser Jahrhundert hinein durch Konfessionsschulen gestützt — in der mittleren und älteren Generation bis heute nachwirkt.
Und noch eines: Die ehemals altwürttembergische Universitätsstadt *Tübingen* mit dem Evangelischen Stift als protestantischer Hochburg liegt von der ehemals vorderösterreichisch-hohenbergischen Bischofstadt *Rottenburg* nur zehn Kilometer entfernt. Dazwischen liegt eine lautgeschichtlich politisch und konfessionell zumindest gestützte Mundartgrenze. (Daß der Grenzverlauf nach Norden auch altwürttembergisches Gebiet durchschneidet, weiß ich, kann hier aber außer Betracht bleiben.) Jederzeit nachprüfbar ist, daß die Tübinger Hausfrauen *aus Woize'meahl Spätzle'* machen, die Rottenburgerinnen dagegen *Spätzlen aus Woaze'meahl.* Hüben sagt man tagsdarauf, man sei wieder einmal so richtig satt *gwea* (= gewesen), drüben ist man satt *gsai* (vom mittelhochdeutschen gsin, das wir noch heute im Südschwarzwald, in der Schweiz und im Elsaß finden). Damit nicht genug, diese Mundartgrenze, die lange Zeit auch für die ehemaligen Oberämter Tübingen und Rottenburg galt, war bis in die dreißiger Jahre unseres Jahrhunderts hinein je nach Wetter sogar optisch sichtbar: Wo die Bauernweiber auf den Feldern *weiße Kopftücher* trugen, befand man sich auf evangelischer, wo sie *schwarze* umgebunden hatten, auf katholischer Gemarkung. Wen mag es da noch wundern, daß es im Schwäbischen *auch konfessionelles Gebäck* gibt?! Da ißt man doch im katholischen Oberschwaben *das* auf den »Seelenwecken« zurückgehende *länglich-spitzig-knusprige und mit Salz und Kümmel bestreute Seele.* Im altwürttembergisch-evangelischen Bereich dagegen hält man sich dafür um so entschiedener an *das rundlich-ovale und mit Zuckerguß glasierte süße Säle.* Aber diese Gegensätze sind natürlich rein zufällig!

g'scheit

Mir Schwobe' went mit vierzge g'scheit,
de andre — de'st fatal —
went's nia. — Ond wenn se's trotzdem went,
noh send se net normal!

Wer diesen, von mir verbrochenen Spruch für überheblich hält, kennt den Schwaben nicht. *G'scheit* ist einer schließlich auch dann, wenn er *net ganz g'scheit, halbe g'scheit* oder *hehlenge' g'scheit* ist, und ein *G'scheitle* wird erst deshalb zum *G'scheitle,* weil er sich für *g'scheit hält.*
August Lämmle hat das sehr wohl erkannt, wenn er sagt

G'scheitheit aber ist dui List,
daß mr merkt, wia domm mr ist.

Im übrigen ist es verständlich, daß die abgeklärten Segnungen des *Schwabenalters* von Nichtschwaben angezweifelt werden. Es wird dabei offensichtlich übersehen, daß die *schwäbische G'scheitheit* auch optisch nachweisbar sein kann. — Unter uns gesagt, ich war lange Jahre sehr deprimiert wegen meiner *Glatze* (= Platte, Kahlkopf). Heute gibt sie mir geradezu Auftrieb. Fand ich doch in unserem bodenständigen Spruchbeutel das Goldene Wort:

De g'scheite Leut ganget d'Hoor raus, Sauköpf muaß mr brühe'!

Guatsle'

Um das gleich vorwegzunehmen, unsere *Guatsle' sind keine Bonbons,* wie Reingeschmeckte häufig meinen. Das *Guatsle* ist ein Kleingebäck, das vor allem vor und zu Weihnachten in fast allen schwäbischen Haushalten in vielerlei Sorten hergestellt wird.

Als *Weihnachtsguatsle'* beliebt sind *Ausstecherle'*, *S-le'*, *Vanille-* und *Pomeranze'-brötle'*, *Zimtstern'*, *Lebkuache'*, *Schäumle'* oder *Studente'küß*, *Spitzbuabe'*, *Nonne'brüstle'* und nicht zuletzt die mittels eines *geschnitzten Holzmodels* (= Form aus Holz) mit allerlei Gebild geschmückten *Sprengerle'*.
Daß *Guatsle'* vor Weihnachten besser schmecken als nachher, ist eine alte Sache. Die Hausfrau pflegt sie deshalb vor der übrigen Familie zu *verschoppen* (= verstecken) mit dem Erfolg, daß ihre Zahl trotzdem laufend abnimmt. Es gibt da eben noch findigere Finder! — Es soll freilich auch schon vorgekommen sein, daß die Frau des Hauses eine *Guatslesschachtel* so gut versteckte, so daß man sie erst beim Osterhasensuchen wieder gefunden hat.
Im übrigen steht wie beim *G'sälz* und den *Spätzle'* auch bei den *Guatsle'* die schwäbische Hausfrauenehre auf dem Spiel. Keine *guate Guatsle'* backen zu können, gilt als Schande.

's gibt aber au nix Bessers wia ebbes Guats!

Guck

Weshalb unsere handelsübliche *Tüte* gerade *Guck* heißt, ist für den Normalverbraucher unwichtig. Ihm kommt es auf den Inhalt an. Wer sich auf dem Jahrmarkt z. B. *e Gückle Mage'brot* ersteht, kauft es schließlich auch dann, wenn er nicht weiß, daß unsere *Guck* auf das lateinische *cucullus*, auf die Mönchskapuze zurückgeht, auf Spitzhut und *Gugelhauben* also, die — nebenbei bemerkt — auch dem schwäbischen *Guglopf* (= Napf- oder Topfkuchen) seinen Namen gaben. Auch die *Gugelfuhr* (= Umtrieb, mutwilliges Treiben — häufig auch *Kugelfuhr* ausgesprochen) gehört daher: Wo viele Leute mit *Gugeln* auf dem Kopf beisammen waren, vielleicht auch gemeinsam ausfuhren, gab's halt e *Gugelfuhr*.
Doch zurück zur *Guck*. Eines steht fest: Die norddeutsche Fassung *»kommt jar nich in die Tüte«* läßt sich mit *»kommt gar net en d'Guck«* nicht übersetzen. — *Kommt gar net en Frog!*

gucke'

Es ist ein Unterschied, ob ein Pantoffelheld unterm Tisch oder einem Mädchen der Unterrock *vorguckt*. In beiden Fällen geht es zwar um die Perspektive; der Unterrock jedoch kann nichts dafür, genau so wenig wie das Gläsle, in das einer *nei'guckt*, wobei dann für den Wirt etwas dabei *rausguckt*.
Um es kurz zu machen, es geht hier um einen der fünf Sinne, um die Wahrnehmung der Augen, um das Schauen, auf Schwäbisch also ums *Gucke'*, das im nord- bzw. niederdeutschen Raum als *Kucken* oder *Kieken* erscheint.
Dazu noch ein Beispiel: Wenn sich ein junger Bursch *oms Nomgucke'* (= unversehens) in ein nettes Mädle *verguckt* (= verliebt), sind ganz bestimmt zwei *liabe Guckerle'*, sind *Guckäugle'* mit im Spiel.
Neben *gucke'* hat sich mancherorts aber auch noch der ältere Ausdruck *luage'* (= lugen, Ausschau halten) gehalten. Darüber hinaus gibt es auch noch das Wort *glotze'*, das am besten mit *stieren* (= starr blicken) übersetzt wird. So *glotzt z. B.*, wer *den Gucker* hat (= geistesabwesend »ein Loch in die Luft« schaut). Auf diesem Umweg werden die *Guckerle'* zu *Glotzerle'* oder gar zu *Glotzböbbel. — Gell, do glotzst!*

Häs

Mit einem *Häsle* hat das *Häs* nichts zu tun, wenngleich weder ein *heirigs Häsle* (= heiratsfähiges Mädchen) noch ein *Skihäsle* ohne *Häs* auskommt.
Vom mittelhochdeutschen *haeße* abgeleitet, bezeichnet *das Häs* die Kleidung, und zwar der Männer wie der Frauen — also den Anzug so gut wie das Kleid. Man unterscheidet dabei zwischen *Sonntigs-* und *Wertigshäs* (Sonntags- und Werktagskleidung). Darüber hinaus gibt es ein *Festhäs*, das z. B. zur Taufe oder Hochzeit getragen wird wie das *Narre'häs* an der *Fasnet*. Eine unerwünschte Dreingabe sind dann freilich die *Häsläus* (Kleiderläuse).

Wenn einer von schwerer Krankheit sehr abgemagert ist, sagt man, *der hanget au bloß noh en seim Häs*. Auch ist jedem Schwaben klar, daß man *am Häs ond Gfräß* (= Essen) am meisten sparen kann. Und schließlich heißt es:

Der ist gar net so domm, wia-n-er aussieht,
der hot bloß sei' Häs lenks rom a'!

Hättele

Die *Geißen* (= Ziegen), die früher in Bahnwärterhäuschen als *Bah'wärterskűah'* ein kümmerliches Dasein fristeten, wurden *Hättel* genannt. In übertragenem Sinn wird ein mageres, für Krankheiten anfälliges Mädchen *Hättele* genannt.

Hafe'

Einen Topf kennt man im Schwäbischen nur als *Eintopf*. Sonst haben wir dafür unseren *Hafe'*, in dem man üblicherweise Suppe, Gemüse oder Kartoffeln kocht, bzw. *Spätzle'* aufkochen läßt. Daher auch der Name *Kochhafe'*. Man kennt aber auch den *Kaffee-, Tee-, Milch-, Gsälz-* und *Schmalzhafe'*. Selbst der Blumentopf, den man gewinnen kann oder nicht, wird hierzulande zum *Stockhafe'* wie folgerichtigerweise der Nachttopf zum *Nachthafe'*. Für kleinere Mengen genügt ein *Häfele*, das auch als Familienname vorkommt. Im übrigen ist der *Hafner* oder *Häfner* dasselbe wie nördlich der Mainlinie der Töpfer.
Ausdrücklich festgestellt sei, daß der weit verbreitete Spruch *jeder Hafe' fend't sein Deckel* anfechtbar ist. Einmal haben gar nicht alle *Häfe'* einen Deckel, zum andern sollte man nicht unbedingt bei alten Jungfern noch Hoffnungen wecken wollen.

Doch zurück zum *Häfele,* das, sofern es ein gewisser Petrus unerwartet zu verschütten beliebt, Wettervorhersagen recht spontan zu widerlegen vermag. Nicht sehr beliebt ist der naseweise zumeist männliche *Häfelesgucker,* der es nicht *verhebe'* (= sich verkneifen) kann, nachzuschauen, was es zum Mittagessen gibt. Da kann es dann vorkommen, daß der »Herdbewahrerin« das *Häfele überläuft* (= das Maß voll ist) und sie entsprechend unfreundlich reagiert.
Daß es auch im äußersten Norden Deutschlands, an der Waterkant, *Häfen* gibt, sei gerechtigkeitshalber festgestellt. Ein sonntägliches *»Hamburger Topfkonzert«* jedenfalls gibt es nicht!!!

Haipfel

Das schwäbische Bett hat zwei Kopfkissen. Das obere, zumeist mit Lochstickerei versehene und quadratische Paradekissen dient der Repräsentation. Irgendwie muß man schließlich auch den bescheidensten Wohlstand zeigen dürfen! Auf dem unteren, größeren und viereckigen *Haipfel* dagegen darf man sein müdes Haupt betten. Sprachlich handelt es sich um eine Wortverbindung aus *Haupt und Pfühl.*

Hairle

Dieser Ausdruck geht auf oberschwäbische Verhältnisse zurück. Das *Hairle* ist abzuleiten vom *Herrle* und sozusagen eine Schmeichelform für den katholischen Geistlichen, für den Hochwürdigen Herrn. Dazu muß man wissen, daß die katholische Geistlichkeit zu einem erheblichen Teil bäuerlicher Abkunft ist.
Über die Universität Tübingen mit ihrem Wilhelmsstift (Konvikt) als Ausbildungsstätte für katholische Theologen kam die Bezeichnung auch ins Altwürttembergische. Dabei ist aufschlußreich, daß die Bezeichnung *Hairle* auch von Protestanten ausschließlich in wohlwollendem Sinn gebraucht wird.

ha no'!

Wie beim *gell* kommt es auch bei diesem vielseitigen Allerweltswörtle entscheidend auf Zusammenhang und Tonfall an. Hier einige Beispiele:

Ha no', jetz ka'-n-e aber gar nemme'! — Erstaunen
Komm, jetz reg de no net uf, ha no'! — Beschwichtigung
Ha no', da ka mr drüber schwätze'. — Toleranz
Was will mr do scho' groß mache', ha no'?! — Resignation

Ha no', i glaub du bist net ganz bache'! — Mißbilligung
Wer's glaubt, wird selig, ha no'! — Zweifel
Ha no'! Des könnt euch so passe'! — Widerspruch

hause'

Mit dem schriftsprachlichen *hausen* in der Bedeutung von primitiv wohnen hat das nichts zu tun. Hier geht's um das *Haushalten,* um das sparsame Wirtschaften. So wird z. B. die *Haushälterin* eines katholischen Geistlichen, aber auch die einer Familie, Hausere (= Hauserin) genannt. Wünschenswert ist es dabei in jedem Fall, daß diese nicht zu *aushausig* (= verschwenderisch) mit dem Geld umgeht. Daneben kann *hause'* aber auch mit jemandem zusammenleben bedeuten, und so kann es vorkommen, *daß wer Pech hat, selbst im sparsam erhauserten eigenen Häusle aus dem Häusle kommt* (= vor Zorn außer sich gerät).

hehlenge'

Wer *kein Hehl* aus seinen Plänen macht, handelt *unverhohlen.* Genau das Gegenteil ist unser *hehlenge'* (hehlingen = heimlich). Liebespaare z. B. treffen sich *hehlenge'* oder auch *hehlengs. Hehlenge' fett wia-n-e Goiß* ist jemand, der es sich nach Gewicht und Umfang erlauben kann, doppelte Portionen zu bestellen, und wenn einer betont, daß er *net hehlenge' auf dr Welt* sei, will das besagen, daß er die Öffentlichkeit nicht scheut. — Es gibt aber auch Leute, die *hehlenge' g'scheit* sind:

I merk älles, wenn-e au nix sag!
Siebe' Johr lang hent se's Michele mit mr triebe,
aber i han's glei gemerkt!

Trotzdem gilt: *Liaber heimlich g'scheit wia o'heimlich domm!*

Heiligs Blechle

Hier handelt es sich in der Regel um einen gemäßigten Fluch, um eine spontane halbstarke Unmutsäußerung. Man ist über irgend etwas verärgert oder gar entrüstet. Ähnlich dem *Schwäbischen Gruß* kann der Ausruf bisweilen aber auch Erstaunen und Verwunderung, ja sogar ehrliches Bedauern ausdrücken.
Welche der verschiedenen Spielarten gerade gepflegt wird, ist an Tonfall und Mimik zu erkennen. — Mit dem Zusatz *nomol* (= noch einmal) versehen — also als *»heiliges Blechle, nomol!«* in den Raum gestellt — ist immer Ungeduld und Unwillen dabei und Vorsicht am Platz.
Der Ausdruck selbst geht auf die mittelalterliche Armenfürsorge zurück. Wer eine von der Kirche — als der damaligen Wohlfahrtsinstitution — ausgegebene *»geheiligte« Blechmarke* vorzeigte, hatte ein Anrecht auf kostenlose Verköstigung, die zumeist aus Suppe und Brot bestand.
Da diese Armenverpflegung häufig recht dürftig und nicht selten zu wenig zum Leben und zu viel zum Sterben war, entwickelte sich das *heilige Blechle* nach und nach zu einem Fluch, einem gelinden freilich, wobei der ursprüngliche Sinngehalt verlorenging.
Neuerdings erfuhr unser *heiligs Blechle* eine »Renaissance«. Als Autoaufkleber dient es der Verkehrssicherheit:

»Fahr net auf mei' heilix Blechle!«

Schlag me's Blechle, also doch wieder eine Art *»Armen«*-Fürsorge!

Hochzich

Der Vollzug der Heirat im Rahmen eines Festes, der *Hochzich* oder *Haohzet* ist so allgemein-menschlich schicksalhaft, daß dieses Thema sprachlich uninteressant sein darf. Objektiv und tolerant, wie wir schwäbischen Mannsleut uns im Hinblick auf die Emanzipation des Weibes zu sein bemühen, halten wir uns daher auch hier am besten an alterprobte Spruchweisheiten:

Worom soll mr denn e wüasts ond arms Weib heirote?
E Schöne ond Reiche frißt au net meh!
Ihr müaßet euch halt wia-n-i e Weib vom Land nemme',
noh hent-er au e Sau dahoim.
Koiner hot se wölle, i aber han se glei kriagt.
En de wüasteste Hecke' send oft de schönste Nester!

hocke'

In der Bedeutung von kauernd sitzen ist *hocken* auch in der Hochsprache gebräuchlich. Auch die *Hocke* als Turnübung oder als auf dem Feld gestellte Garbe sowie der *Hocker* als Schemel sind im Duden verzeichnet.
Im Schwäbischen gilt *hocke'* als etwas derber Ausdruck für sitzen allgemein. »*Kerle, hock doch endlich ruhig na'*« mag eine Mutter zu ihrem Sprößling sagen, wenn dieser beim Mittagessen hin und her zappelt. Andererseits sieht man es nicht gern, wenn Kinder *en dr Schual hocke' bleibet* (= nicht versetzt werden). Noch schlimmer freilich ist es, wenn heiratsfähige Töchter *hocke' bleibet* (keinen Mann bekommen).
Für regelmäßige *Stammtischhocker* im Wirtshaus gilt der Spruch

Do hocket dia, wo emmer do hocket.

Eine Wortneuschöpfung schließlich ist die *Hocketse*, wie neuerdings Straßenfeste genannt werden, die von Bürgern für Bürger veranstaltet werden.

Holge'

In der Sonntagsschule oder vom Lumpensammler bekamen wir als Kinder dereinst als Be- oder Entlohnung *e Bildle*. Da es sich dabei zumeist um eine erbauliche *Darstellung aus der Heiligen Schrift* handelte, wurde es zum *Holge'* bzw. je nach Größe zum *Hölgle*. Und wer es austeilte, war der *Hölglesma'*.

hudle'

Der Schwabe ist zwar ein passionierter Schaffer, vom *Hudle'* oder *Gehudel* aber hält er nichts. Man will nichts übereilen, nichts überstürzen, will den Überblick behalten, und so ist

no net hudle'!

eine der gängigsten Redensarten, wenn es in irgendeiner Situation zu hektisch zu werden droht. –

No net hudle', ohne mi goht d'Henkerei net a'!

sagte drum auch der arme Sünder, als man ihn zum Richtplatz führte. Andererseits heißt's aber auch: *No net hudle' – d'Kender werdet schöner!*

Unser *no net hudle* kommt dem norddeutschen *nur keene falsche Hast* gleich und hat schon so manchen vor übereiltem Handeln, vor Verkehrsunfall und Herzinfarkt bewahrt.

Net hudle', wenn's ans Schaffe' goht!
Mr macht sich he' dabei.
Drom wurd jetzt z'erste' gvesperet;
denn gschafft ist nochher glei.

i-Tüpfele

Auf-ab-auf i-Tüpfele drauf, so wurde uns als ABC-Schützen zu meiner Zeit das Schreiben beigebracht, und ich habe es auch ohne »Ganzwortmethode« zu einer gewissen Fertigkeit gebracht.
Im übertragenen Sinn ist, *wo's Tüpfele auf dem i fehlt,* etwas noch nicht vollständig.

jetzet

Vor einigen Wochen wurde ich innerhalb weniger Tage von mehreren Bekannten aufgefordert, den Ausdruck Orgasmus kurz und bündig ins Schwäbische zu übersetzen. Sie waren dann immer etwas enttäuscht, wenn ich die als »Witz der Woche« deklarierte Frage auf Anhieb mit *jetzet* oder *jetzetle* beantwortete. Dabei mußte ich feststellen, daß die köstliche Anekdote, die dieser Frage ursprünglich zugrunde liegt, in den meisten Fällen unbekannt war.
Meines Wissens ist dieser »Witz« erstmals 1962 von *Fritz Rahn* in seinem Buch »Der schwäbische Mensch und seine Mundart« unter der Überschrift »Der wortkarge Bräutigam« veröffentlicht worden. Später wurde er verschiedentlich in andere Bücher übernommen. Meinerseits habe ich ihn 1971 in folgender Kurzfassung veröffentlicht:

Der Heiner war schon immer recht maulfaul. Bei seiner Hochzeit brachte er, wie sein Weib, das Amale, einer Nachbarin anvertraute, sage und schreibe vier Wörtle über die Lippen. Nämlich: Als er vor der Kirche stolperte: »Hoppla!« — Auf die Frage des Pfarrers, ob er das Amale zur Frau wolle: »Jo!« — Vor dem Hochzeitsessen im Wirtshaus: »Sodele!« Und am Abend schließlich in der Kammer beim Ausziehen: »Jetzet!«

Von Orgasmus ist hier also noch gar nicht die Rede; von einem solchen kann man schließlich erst sprechen, *wenn's schnacklet!*

Kachel

Auch bei uns kennt man Kachelöfen und gekachelte Bäder. Beim Kochen in der Küche aber ist die *Kachel* unentbehrlich. Im Gegensatz zum *Hafe'* hat sie statt ein oder zwei *Handhebetsen* (= Henkeln) wie die Pfanne einen kräftigen Stiel

und verzichtet auf einen Deckel. Eine Ausnahme von dieser Regel bildet allerdings die *Ga(n)skachel,* die nicht ohne Henkel und Deckel auskommt. Besonders vielseitig verwendbar ist das *Kächele,* das sich besonders zum Aufwärmen von Speiseresten, aber auch als Familienname eignet.
Für Botaniker sei schließlich angemerkt, daß der Hahnenfuß (Ranunculus acer) auf schwäbisch *Schmalzkachel* und der gemeine Löwenzahn (Tavaxacum officinale) außer *Bettsoicher* auch noch *Soichkachel* heißt.

Kapp

Statt einer Mütze trägt man bei uns *e Kapp,* die als Kopfbedeckung sprachlich verwandt ist mit dem französischen *Chapeau* (= Hut), von dem sich über Umwege wiederum die *Schappel* bzw. das *Schäppele* der schwäbisch-alemannischen Trachtenträgerinnen ableitet. Auch das *Käppi* der Soldaten bzw. der Steward- oder Hostessen gehört hierher.
Bei handgreiflichen Meinungsverschiedenheiten kann man allerdings auch barhäuptig, also ohne *Kapp,* einen Schlag aufs *Kappe'dach* verpaßt bekommen. Auf jeden Fall sollte man vorsichtig sein, bevor man etwas *auf sei' oigene Kapp nemmt* (= die Verantwortung auf sich nimmt).
Wer das *bekappt* (= begriffen) hat, kann sich auch eine Glatze leisten!!

Kehrwoch

Eine urschwäbische Einrichtung, an die sich *Reingeschmeckte* — wenn überhaupt — nur schwer gewöhnen, ist die *Kehrwoche,* d. h. die im Mietvertrag festgelegte Verpflichtung, im wöchentlichen Wechsel mit den übrigen Mietsparteien den Bürgersteig gewissenhaft zu säubern.
Es gibt hier extra Schilder mit der Aufschrift KEHRWOCHE zu kaufen, die dazu bestimmt sind, Woche für Woche als »Gedächtnisstütze mit erhobenem Zeigefinger« von Stockwerk zu Stockwerk zu wandern. Früher waren sogar künst-

lerisch gestaltete *Kehrwochenschilder* gebräuchlich. Auf einem Stuttgarter Schild z. B. war das Rickele, eine dralle Magd mit dem Reisigbesen in der Hand abgebildet, von Ferne aber naht bereits ein Schutzmann mit rotem Schnauzbart, Säbel und Dreispitz. Darunter standen folgende Verse:

Rickele, die Straße kehren,
Soll das Zerfen ewig währen?
Bald wird's wieder acht Uhr schlagen,
Laß dir's doch nicht täglich sagen:
Sieh, schon kommt die Polizei,
Da, der Rotbart macht Geschrei
und steckt am Ende noch
Rickele, Dich ins schwarze Loch.

Daß diese Tafel außer Gebrauch kam, liegt nicht zuletzt daran, daß es keine Dienstmädchen mehr gibt. Die ehemals »gnädige« Frau kommt somit nicht darum herum, der *Kehrwochenpflicht* eigenhändig oder mittels ihres Angetrauten mit Besen, *Kutterschaufel und Kehrwisch* (= Kehrschaufel und Handfeger) oder gar mit der Schneeschippe nachzukommen.
Im übrigen ist dieses Thema erst im Vorjahr juristisch höchst aktuell geworden: Auch wenn der *Wochenbeginn* jetzt weltweit und offiziell auf *Montag* festgelegt wurde, *die schwäbische Kehrwoche beginnt laut richterlicher Entscheidung nach wie vor am Sonntag!*
Schließlich noch ein frommer Wunsch:

O heiliger Sankt Peterus,
mach mir om älles koin Verdruß:
Ka'sch schneie' lao', so viel de witt,
doch bloß en onsrer Kehrwoch it!

Kerle

Ein *Kerle* ist bei uns nicht etwa die Verkleinerungsform von Kerl, ein *Kerlchen* also. Nein, unser *Kerle* ist ein ausgewachsener *Kerl,* der sprachlich auf mittelhochdeutsch *Karl* im Sinne von Mann, Ehemann bzw. Geliebter zurückgeht und noch heute als Vorname fortlebt.
Wenn z. B. die Karlene mit dem Karle *geht* (= mit ihm ein Verhältnis hat), also einen *feste' Kerle* (= beständigen Schatz) hat, hofft sie, daß er sich als *ganzer Kerle* erweist. Ob er dann allerdings *koi' o'rechter* (= unrechter) oder *koi' rechter Kerle* ist, wird sich auf jeden Fall dann herausstellen, wenn ihr etwa vorzeitig vorne der Rock zu kurz werden sollte. – Heiratet er sie nicht, so handelt es sich um einen *lompige', hergloffene' Saukerle,* führt er sie zum Traualtar, so wird man sagen, der Karle sei *koi' schlechter Kerle.* – Ein *guater* (= verträglicher) *Kerle* aber ist er damit noch lange nicht. Das wird sich erst nach etlichen Ehejahren *weisne'* (= zeigen) und nicht zuletzt davon abhängen, ob auch die Karlene eine *guate Denge* ist. Sollte es freilich gleich beim ersten Mal Drillinge geben, wird man dem Karle neidlos zuerkennen müssen, daß er ein *Mordskerle* sei.

Der nachfolgende Gogen-Witz erhält dadurch freilich eine etwas absurde Wendung:

Ein Professor geht in einer lauen Maiennacht noch spät durch das Seufzerwäldle. Plötzlich vernimmt er aus nächster Nähe seufzende, ihm sonderbar dünkende Geräusche. Bestürzt hält er inne und ruft in die Dunkelheit: »Um Himmelswillen, wird hier jemand ermordet?! — Eine frische männliche Stimme antwortet spontan: »Em Gege'toil!«

Kirbe

Wie im Fränkischen als *Kirwe* oder *Kerwe* oder im mittel- und niederdeutschen Sprachraum als *Kirmes* feiert man im Schwäbischen die Kirchweih als *Kirbe.* Der ursprünglich religiöse Charakter des Festes ist — von Ausnahmen abgesehen — schon seit geraumer Zeit verloren gegangen. Im Mittelpunkt der sogenannten *Allerweltskirbe* — bisweilen auch *Sau-Allerweltskirbe* genannt — stehen Essen und Trinken mit Bergen von Kuchen, mit Most, Wein und Bier sowie mit Gesang und Tanz. Landauf und landab als Herbstfest im allgemeinen am dritten Oktobersonntag begangen, ist die *Kirbe* heute mehr oder weniger zu einem für die Veranstalter einträglichen *Volksfest* geworden. In übertragenem Sinne kann *Kirbe* daher auch soviel wie *Rummel* bedeuten.

De'st e Kirbe oder *so e Kirbe* schimpft man, wenn einem irgendwo und irgendwie der Umtrieb, das Getue zu viel, zu bunt wird, wenn einem seine Umgebung auf die Nerven geht.

In *Unterjesingen* (seit einigen Jahren ein Stadtteil von Tübingen) feiert man die *Kirbe* allerdings erst am ersten Wochenende im November.

Weil se hent zwee Handwerksburscht
glatt verhongre' lao?
dürfet se ihr Kirbe net
em Oktober hao'. —

Noi', se tanzet wia de alt
Fasnet hente'drei',
feiret em November airst!
Aber Strof muaß sei'!

Doch nun noch ein Zitat aus der *Chronik von Oggelsbeuren:*
1689 wurde zur Turmstrafe verurteilt der Wirt R. in Rupertshofen, weil er den Obervogt und den Pfarrer auf die unsaubere Kirchweihung geladen.
Was dahinter steckt? — Nun, wie das bekannte *am Abend loben, im Mondschein begegnen* oder im *Adler treffen* handelt es sich beim *auf die Kirchweih laden* um ein verschleiertes *Götz-Zitat*, um den *Schwäbischen Gruß.* Ursprünglich lud man sich *salve honore* auf die *Kerbe* bzw. *Kerwe,* in verstärkter Form sogar auf die *unsaubere Kerbe,* worunter man — Verzeihung — die *Arschkerbe,* die *Kimme* zu verstehen hatte. Um diese vulgäre Einladung zu tarnen, sie gewissermaßen appetitlicher zu machen, schob man das mundartliche *Kirbe* oder *Kirwe* = Kirchweih unter. *So wurde die (Arsch-)Kerbe zur Kirchweih!* — Ha no!

Knäusle

Der Ausdruck erscheint schriftsprachlich als Zauberspruch der Hexe in »Hänsel und Gretel«:

Knusper, knusper Knäuschen,
wer knuspert an mei'm Häuschen!?

Im Schwäbischen bezeichnet das *Knäusle* die beiden Enden des Brotlaibs, den norddeutschen *Kanten.* Die sprachliche Herkunft ist eindeutig. Man verzehrt den ganzen Brotlaib, also auch das etwas härtere in frischem Zustand *knusprige Knäusle,* das den schwäbischen Lautgesetzen gemäß *Kneisle* ausgesprochen wird. Als sprichwörtlicher *Knauser knausert* der Schwabe, er ist also *knauserig* (= sehr sparsam):

Mr spart auf e Häusle,
drom ißt mr au's Knäusle.

Hierher gehört auch das *Riebele*, das dieselbe Bedeutung hat:

Loible, du muaßt Riebele hoiße',
Riebele, du muaßt g'esse' sei'!

Das *Riebele* kommt von *reiben*. Weil vor allem ältere Leute das hartgewordene, oft altbackene *Knäusle* nicht mehr beißen können, wird es mit dem *Reibeisen gerieben*. Das ergibt *Riebele'*, die man als *Riebelessupp* auftischt. Heutzutag wird die *Riebelessupp* allerdings in Ermangelung originaler *Brotriebele'* aus geriebenem Nudelteig hergestellt.
Riebele' kann es aber auch beim Bad am Samstagabend geben, wenn der Dreck der Woche von der Haut gerieben wird — mit dem *Wurzelbürstle* versteht sich. Gastronomisch sind diese *Riebele'* freilich uninteressant!!
Um falschen Schlüssen vorzubeugen: Mit dem charakteristischen lockigen oder blanken *Riebeleskopf* eines Stammtischbruders hat das nichts zu tun. Dieses *Riebele* stammt nämlich von der *Rübe* ab.

knitz

In unserem *knitz* (eigentlich *knütz)* sind wie bei *gotzig* zwei Wörter ineinander verschmolzen: *Kein* und *Nutzen* zu *keinnützig*. Der Ausdruck ist in zweierlei Weise gebräuchlich:
E knitzer Kerle z. B. ist einer, der es stiefelsdick hinter den Ohren hat, ein zu allerlei Unfug aufgelegter, jedoch nicht bösartiger Schalk. Mir z. B. sagt man nach, *knitze Augen* zu haben. Das hat mir in der Schule und später als Soldat so manchen Rüffel eingebracht. Lehrer wie militärische Vorgesetzte, die mich zurechtwiesen, mutmaßten nämlich, wenn ich ihren gestrengen Blicken standhielt, ich würde sie nicht ernst nehmen. Und sie hatten zumeist sogar recht!!
E knitze Biare' dagegen ist eine nach außen verlockende, innerlich aber faulige oder wurmige Birne.

Krätte'

Unter *Krätte'* oder *Kratte'* (von mittelhochdeutsch *kratte)* verstand man ursprünglich einen tiefen Handkorb. Heute wird jede Art Korb damit bezeichnet. *Kratte'macher* war noch im vorigen Jahrhundert eine gängige Berufsbezeichnung für den Korbflechter.
Außer Eier, Obst und Gemüse legte man früher auch Säuglinge ins *Krättle*. Später bekam dieses Kinderkörbchen ein Fahrgestell und wurde zum Korbwagen mit einem »Himmel« darüber. Die Bezeichnung *Krättle* blieb jedoch erhalten. Interessant ist, daß es sich auch beim englischen *cradle* (= Wiege) ursprünglich um einen Wiegen*korb* handelte.
Eng verwandt mit dem *Krätte'* ist die *Krätze'* (von mittelhochdeutsch *kretze),* ein von Tragbändern gehaltener geflochtener Rückenkorb, womit früher die Hausierer durchs Land zogen. Auch die Schwarzwälder Uhrenhändler trugen *Krätzen*. Man sprach dann vom *Krätze'ma'*. In der *Krätze'* konnte man aber auch Kinder spazierentragen, d. h. man *krätzbucklete* sie.

Krommbiare'

Die französischen *pommes de terres* finden wir wortwörtlich in den schwäbischen *Ai'döpfel* (= Erdäpfeln) wieder. Als Ausdruck gebräuchlicher sind allerdings die *E'biare'* (= Erdbirnen) bzw. *Krommbiare'* (= krumme Birnen), die der englische Seefahrer *Francis Drake* im 16. Jahrhundert bekanntlich aus Amerika als *Kartoffel* nach Europa brachte. Hier spricht es wieder für die weltweite Aufgeschlossenheit des Schwaben, daß er dieses fremdländische Knollengewächs neben seinen *Spätzle'* als *Krommbiare'salat* (= Kartoffelsalat) zum Sonntagsbraten *partu* nicht entbehren will.
Daß es beim *Krommbiare'salat* freilich auch aufs richtige *A'mache'* (= anmachen, zubereiten) ankommt, zeigt folgender *Gogen-Witz:*

Der Karle, der seinen Frühschoppen über die Mittagspause hinaus ausgedehnt hat, kommt verspätet nach Haus, wo ihm sein Weib das Mittagessen hinstellt

— eine rote Wurst und Kartoffelsalat. Da meint der Mann unwillig: »Dei' Krommbiare'salat ist jo furztrocke'«, darauf das Weib: »Lomp, elender, wärst beizeit hoimgange'! Vor-ere' halbe' Stond ist-er noh soichnaß gwea!«

Krommbiare' werden aber nicht nur zu Salat verarbeitet, es gibt auch *Kartoffelsupp', Kartoffelbrei* (Püree), *saure Rädle'* und *Niedernauer Kartöffele'* (von Bad Niedernau bei Rottenburg). Beliebt sind auch *Kartoffelküachle'* (= Kartoffelpuffer oder Reibekuchen) und *Schupfnudle'*, die wegen ihrer Form auch *Buabespitzle'* genannt werden. Näheres ist dem Kiehnle-Kochbuch zu entnehmen. Schließlich sei auch nochmals auf den zuvor schon »geblasenen« *Gaisburger Marsch* verwiesen. Feldmarschmäßige Ausrüstung ist nicht erforderlich; Kochgeschirr und Löffel genügen.

Kuttle'

Ich weiß, *Kuttle'* bzw. *Kuttelbletz* (= Kuttelfleck vom Rind) sind nicht nach jedermanns Geschmack. Als Kind schmeckten sie mir gar nicht, heute mag ich sie saumäßig. Man kann sie beim Metzger schon gekocht und in Streifen geschnitten kaufen und auf verschiedene Art zubereiten. Mir sind *saure Kuttle'* mit gerösteten Kartoffeln am liebsten. Man kann sie aber auch nicht sauer, bzw. mit Ei überbacken servieren. Im übrigen verweise ich auf die einschlägigen Kochbücher.
Mit *Kuttel* bezeichnet man aber auch die menschliche Lunge. Wenn einer z. B. Langstreckenläufer ist oder die große Posaune bläst, muß er eine *gute Kuttel* haben. Auch kann man untereinander etwas *verkutteln,* d. h. etwas mehr oder weniger insgeheim miteinander absprechen. Außenstehende haben das allerdings nicht gern und reagieren bisweiler sauer.
Auch in diesem Buch habe ich so manches *verkuttelt,* das meiste freilich ist vorher schon im Schwabenseminar *öffentlich abgehandelt* worden.

Kutter

Im Duden ist der *Kutter* nur als »einmastiges Segelfahrzeug« aufgeführt. Der schwäbische *Kutter* ist demgegenüber nichts anderes als das, was man heutzutage unter dem Sammelbegriff *Müll* versteht, also Abfall, Unrat, Scherben, Kehrricht und dergleichen.
Der Weg solchen *Kutters* führt im häuslichen Bereich über die *Kutterschaufel* (= Müllschippe) in den *Kuttereimer* (= Mülleimer, »Viktor«) und von dort ins kommunale *Kutterauto* (= Müllauto), in das er von *Kutterleuten* entleert wird. Dann allerdings landet der *Kutter* nicht etwa auf dem Kutterplatz, sondern auf dem *Müllabladeplatz.*
Gängig sind daneben noch Ausdrücke wie *Kutterkübel, Kutterfäßle* und *Kutterkist'.* Auch kann man in übertragenem Sinn eine Idee oder auch eine Person, wenn sie nichts taugt, *auf den Kutterhaufe' schmeiße'* (= werfen).

Lälle'

Wenn Kleinkinder *lallen,* so handelt es sich um erste Sprachversuche. Ein *lallender* Erwachsener hat zuviel ins Glas geschaut und deshalb *e schwere Lälle'* (= schwere Zunge).
Ursprünglich bedeutet die *Lälle',* eine tierische Zunge, und als solche ist sie vom Rind z. B. gepökelt und in Madeirasoße mit Spätzle auf den Tisch gebracht, eine Delikatesse.
Der *Lälle'bäbbel* — doppeltgemoppelt aus *lallen und babbeln* — bezeichnet jemanden, der als »beleidigte Leberwurst« unverständliches Zeug vor sich hin *bruttelt* (= murmelnd schimpft). Auch der *Lalle* bzw. der *Lohle,* womit man einen langsamen, unbeholfenen, unentschlossenen Menschen meint, gehört hier her.
Berühmt ist schließlich der *Lälle'könig von Basel,* ein gekrönter Holzkopf, der demonstrativ seine *Lälle'* herausstreckt. Hier handelt es sich wie beim Götz-Zitat um vorchristlichen Abwehrzauber, um eine sogenannte *Zungenfratze.*

laufe'

Mit den schwäbischen Gangarten (auch per pedes gibt es Schritt, Trab und Galopp) ist das so eine Sache: Wenn Reingeschmeckte gehen, *laufet mir Schwobe'*, wenn jene laufen, *sprenget* oder *sauet mir*, und springen die andern, so wird bei uns *gehopst*.
Natürlich können wir auch gehen — allerdings nur gezielt. *Mir ganget oimetswo* (= irgendwo), *na'* (= hin), z. B. *heim* bzw. *fort* oder *weg* (= entfernen uns), *nauf* (= hinauf), *nonter* (= hinunter), *naus* (=hinaus), *nei'* (=hinein) u. U. aber auch *ei'* oder *drauf* (= hören auf zu existieren).
Draufgänger haben es da leichter. Für sie ist alles *g'hopst wia g'spronge'!*
Bisweilen allerdings vergeht einem die Lust, und man möchte am liebsten *vertlaufe'* (= verärgert davonlaufen).

Etwas widersinnig freilich ist es, wenn jemand durch *de Gang* (= Flur) *lauft*.

Lauge'brezel

Die mittelbraune, mit Salz bestreute *Laugenbrezel* hat ihren Namen von der Laugelösung, in die sie vor dem Herausbacken getunkt wird. Die Herstellung ist eine Kunst, auf die sich nicht jeder Bäcker in gleichem Maße versteht. Ortskundige pflegen ihre Brezeln daher — je nach Geschmacksrichtung — sehr gezielt bei einem bestimmten Bäcker einzukaufen.
Im übrigen sollten Brezeln — die Mehrzahl heißt mundartlich *Brezle'* oder *Brezgete'* — möglichst frisch gegessen werden. Dick mit Butter beschmiert, sind sie eine Delikatesse. Ich persönlich esse Laugenbrezeln seit meiner Kindheit am liebsten zu Kakao.
Interessant ist übrigens, daß eine *Laugenbrezel* in den zwanziger Jahren drei Pfennige kostete, heute bezahlt man 30 Pfennig dafür.
Unsere *Lauge'brezgete'* spielen aber auch als bodenständige Spezialität bei baden-württembergischen Staatsempfängen sowie bei der schwäbisch-alemannischen

Fasnet eine Rolle. In Oberndorf am Neckar z. B. führt der Narro dieses Gebäck dutzendweise an einer Stange aufgereiht mit sich und wirft es nach und nach unters Volk.
Um ein vielfaches größer als die Laugenbrezel und aus Hefeteig hergestellt ist die *Neujahrsbrezel*, die Glück bringen soll. Dasselbe gilt für die *Karfreitagsbrezel*, die man noch heute bisweilen auf der Schwäbischen Alb als Abwehrzauber mit weißer Farbe an ein Scheunentor gemalt finden kann.

Leck mi am Arsch!

Zugegeben, auf Nichtschwaben mag die *Verwendung des Zitats als Grußformel* zunächst befremdend wirken. Wer jedoch selbst einmal Zeuge einer solchen Begrüßung unter Landsleuten war, der wird uns insgeheim um diese spontan-herzhafte Begrüßungszeremonie beneiden:

Jetz leck mi am Arsch, dr Frieder!
I ka' nemme, laß me gaoh!
D'Welt ist kloi', do sieht mr's wieder!
Rendviech, alts! Wia goht dr's au?

Mensch, des müaßet mr begiaße'!
Wirst doch net glei weiters müaße'?!
Alter Sempel, uf goht's komm!
Nix als wia en »Göhner« nom!

Das also ist *der schwäbische Gruß in individueller Prägung.* Doch zunächst zum Grundsätzlichen:
Bei besagtem *Angebot* handelt es sich um ein *Relikt uralten Nacktheits- und Abwehrzaubers,* wie er sich in ähnlicher Form in den religiösen Vorstellungen vieler Völker und Rassen findet. Wer den Dämonen, den Hexen, den Teufeln oder seinen persönlichen Feinden *das blanke Gesäß* zeigt, dem können sie nichts anhaben. Doch damit nicht genug. Unser Zitat begnügt sich nicht mit dem entblößten Hinterteil allein, es enthält auch noch die Aufforderung zum Lecken, *zum Huldigungskuß* als dem äußeren Zeichen der Unterwürfigkeit. Das oder der Böse soll nicht nur abgewehrt, er soll zugleich auch noch untertänig gemacht werden.
Auch in der *Volkssage* sind diese Vorstellungen bis heute lebendig geblieben. So soll die Stadt Crailsheim z. B. ihre Rettung aus Kriegsnot im Jahre 1378 ihrer korpulenten Bürgermeisterin verdanken. Sie zeigte den Belagerern über die Zinnen hinweg ihre blanke Kehrseite:

Als Crailsheim belagert vom Feind,
Die Gattin des Schultheißen meint:
»Mein blankes Gesäß
Ist denen gemäß!«
Da flüchtet die Heerschar und weint.

So kommt es, daß man an alten Burg- und Stadttoren, an Türmen und Mauern, ja selbst an Kirchen und Klöstern das Götzwort als Abwehrzauber in Stein gehauen, in Holz geschnitzt oder in Bronze gegossen bildlich dargestellt finden kann. So finden wir *Lecksfiedle'* z. B. am Ulmer, Freiburger und Straßburger Münster, an Kirchen bzw. Domen und Kathedralen in Bamberg, Heilbronn, Creglingen, Faurndau wie in Brünn, La Rochette, Bologna, Burgos und Tarragona, an der Komburg, an der Schallaburg bei Melk wie an der Churburg in Südtirol.

Doch zurück zum *schwäbischen Gruß*. Scharfsinnig wie ich die Leser dieses Buches einschätze, sehe ich mich zurecht vor die Frage gestellt, wo denn eigentlich bei Verwendung unseres Zitats als Gruß der bewußte Abwehrzauber bleibe. Dazu sei zunächst die neunte Strophe von Schillers »*Ring des Polykrates*« zitiert:

Das hört der Gastfreund mit Entsetzen:
»Fürwahr, ich muß dich glücklich schätzen,
Doch«, spricht er, »zittr' ich für dein Heil.
Mir grauet vor der Götter Neide:
Des Lebens ungemischte Freude
Ward keinem Irdischen zuteil.«

Als Gruß gebraucht, steht unser Zitat also für unser heute so beliebtes und aufgeklärtes »*Unberufen, toi-toi-toi!*«. Die Freundschaft, die sich bei einem unverhofften Zusammentreffen in der ersten Wiedersehensfreude spiegelt, könnte den Neid mißgünstiger Mächte wecken. Mit dem *Zauberspruch* wird diese Gefahr gebannt. Man tut so, als hätte man mit seinem Freund den »*schönsten*« *Krach*. Das ist im Grunde nichts anderes, als wenn im Mittelalter eine Mutter ihr noch ungetauftes Kind vor dem *bösen Blick* dadurch zu schützen suchte, daß sie, wenn Gefahr im Verzuge war, unser Zitat dreimal laut aussprach und sich bekreuzigte: *dreimal kreuzweis* also und womöglich noch *überzwerch*.

Zur Abrundung noch zwei Limericks:

Der Götz stammt, was tut's, zwar aus Franken;
Das ist einem Zufall zu danken.
Doch weist ohne Schmus
Als schwäbischer Gruß
Sein Kernspruch die Welt in die Schranken.

Ihr könnt das jetzt braten wie sieden:
Das Götzwort schafft seelischen Frieden.
Und fragt wer intim:
»Heißt's ›am‹ oder ›im‹?«
Da sind die Geschmäcker verschieden.

Leich

Unter einer *Leich* versteht man auch im Schwäbischen zunächst den *Leichnam* eines Verstorbenen, darüber hinaus aber auch die *Beerdigung. Man geht* einem nahen Verwandten oder Freund *zur Leich* und hört sich dabei *Leiche'predigt* und *Leiche'chor* samt Nachrufen an. Früher trat zuvor noch der inzwischen vom Lokalblättle mit Traueranzeigen verdrängte *Leiche'bitter* in Aktion – mit *Leiche'bittersg'sicht* natürlich. Im übrigen mag es sich im ländlichen Bereich auch heute noch empfehlen, sich zuvor zu erkundigen, ob es ortsüblich ist, schon *im Trauerhaus oder erst bei dr Leich* das Taschentuch zu zücken und *zu heule'* (= weinen).
Anschließend setzt sich die Trauergesellschaft – nicht selten unter dem makabren Motto *»Spaß muaß sei' bei dr Leich!«* zum *Leiche'schmaus* bzw. zu Kaffee und Hefenkranz zusammen. Das Leben geht schließlich weiter, und selbst die Leidtragenden freuen sich, wenn man ihnen beim Abschied bescheinigt, es sei wieder einmal *e schöne Leich* gewesen.
Letzteres traf zweifellos für die Beisetzungen zu, bei denen Hochwürden *Ritter Michael von Jung weiland Pfarrer zu Kirchdorf* bei Memmingen (1781–1858) seine gereimten und eigenhändig mit der Gitarre begleiteten *Grabreden* hielt. Als Beispiel hier die letzte Strophe *»beim Grabe einer vortrefflichen Sängerin, die an der Cholera starb«:*

Sie hätt vielleicht auf dem Theater,
Das oft der Sünde Gift versüßt,
Die Herzensunschuld in zu spater
Verzweiflung schmerzlich eingebüßt,
So daß die Cholera sogar
Für ihre Seele besser war.

Und überhaupt ist das bei uns Schwaben mit der *Pietät* so eine Sache:
Ein Fremder kommt nach Tübingen und begegnet einem Leichenzug. Zwischen ihm und einem Gogen entspinnt sich folgendes Gespräch: »Können Sie mir bitte sagen, wer hier beerdigt wird?« – Gog: »Der em vorderste Wage«. – Fremder:

»Wissen Sie, was er gehabt hat?« — Gog: »Drei Mark fufzig em Tag.« — Fremder: »Aber, guter Mann, das war doch nicht so gemeint; ich wollte doch wissen, was dem Verstorbenen gefehlt hat.« — Gog: »Was wurd-em schao' gfehlt hao? — D'Gsondheit natürlich, du Balla!«

Ein Raup verunglückt im Rausch tödlich. Es handelt sich darum, seinem Weib den Todesfall schonend beizubringen. Sein Kumpan übernimmt diese heikle Aufgabe und läutet die Frau um 1 Uhr nachts heraus. »So, do kommst endlich, du Saulomp!« ruft diese zum Fenster hinaus. Antwort: »Ihrer leit do dronte'.« — Frau: »Wenn-en no dr Teufel hole' tät!« — Antwort: »Hot-en schao'!«
In einem anderen Fall fragt der Bote, als die Frau das Fenster öffnet: »Send Sia d' Witwe Kehrer?« — Antwort: »D'Frau Kehrer ben i, aber koi' Witwe.« — Er: »Wette', daß . . .?«

Die Luis kondoliert ihrer Nachbarin, deren Mann gestorben ist. »Hot dei' Hemme denn lang leide' müaße'?« erkundigt sie sich teilnehmend. »Noi', noi'«, entgegnet die Witwe, »ganz schnell ist es gange', über Nacht ist-er g'storbe' — so ganz aohne älle Ao'köste'« (= Unkosten).

In diesen Zusammenhang gehört auch der weit verbreitete Spruch

Omsonst ist dr Taod, ond der kostet's Leabe!

Dazu wäre festzustellen, daß es sich hier um eine längst überholte Behauptung handelt. Heutzutage kostet der Tod außer dem Leben noch etliches mehr. Tröstlich ist es immerhin, daß ein Tübinger Stadtratskollege in einer Gemeinderatssitzung, bei der es um die Erhöhung der Bestattungsgebühren ging, im Brustton tiefster Überzeugung sagen konnte:

»De moiste könnet sich ihr'n Tod noh älleweil loiste'!«

Doch weiter im Text:
Die Karlene, eine alte Jungfer, war gestorben und ihrem letzten Willen gemäß eingeäschert worden, und zwar im Krematorium in Stuttgart. Der Karle und der Frieder, ihre Brüder, holen die Urne mit den sterblichen Überresten dort ab. Auf

dem Heimweg vom Tübinger Hauptbahnhof zur Stadt aber macht ihnen — es war Winter — das Glatteis sehr zu schaffen. In der steilen Neckargasse kommt es zur Katastrophe: Zunächst stürzt der Karle, kurz darauf der Frieder, der die Urne trägt. Das Pflaster ist spiegelglatt, vergeblich versuchen sie weiterzukommen. — »Pietät hin, Pietät her«, meint schließlich der Frieder, »'s tuat mr loid, Karlene, aber jetzt wirst g'streut!«

Ein Gog ist gestorben, steht vor dem Himmelstor und lacht und lacht und lacht. Petrus öffnet erstaunt das Tor und fragt, was es denn da zu lachen gäbe. — »Ha, guck doch selt nonter en dia Klinik«, antwortet der Gog, »der Hamballe vo' Professor operiert älleweil noh an mr rom.«

Da bleibt abschließend nur noch zu sagen:
Mancher stirbt ganz leicht, ond mancher wird fast he' dabei!

Lette'

Hier handelt es sich um Lehm oder Ton, um das Rohmaterial des Häfners (= Töpfer) also, und damit erwiesenermaßen um *Dreck*. Das *Lette'gschwätz* ist also mit *Dreck-raus-schwätze'* gleichzusetzen.
Auch in der unter dem Stichwort *»Goge«* zuvor schon zitierten Raupenhymne ist von *Lette'* die Rede, beginnt sie doch mit den Versen

Karle, schmier dei' Brust mit Lette',
ziag dei Scheißdreckwammes a'!

Was dahintersteckt? — Wie oft wurde ich gerade danach schon gefragt?! Sei's drum! — Genaues weiß man nicht. Trotzdem sei etwaigen Kritikastern meine These hiermit zum Fraß vorgeworfen:
Wer will mir denn letztlich widerlegen, daß sich unsere scheißbuttentragenden Raupen zum Schutz gegen die durch Fäkaliengestank angelockten Insekten die behaarte Männerbrust tatsächlich ganz simpel *mit Lette' eingeschmiert* haben!?

letz

Dieses in der Schriftsprache abgegangene, im Schwäbischen zumeist *lätz* ausgesprochene Wort geht auf mittelhochdeutsch *letze* zurück, das je nach Zusammenhang verkehrt, links, ungünstig oder auch falsch bedeuten kann. Um einige Ecken herum ist es letztlich auch mit unserem schriftsprachlichen *verletzen* verwandt. – So kann man zum Beispiel

morgens mit dem letzen (= linken) *Fuß aufstehen,*
den letzen (= falschen) *Weg gehen,*
den Kittel letz (= verkehrt herum) *anziehen,*
gesundheitlich letz (= schlecht) *dran sein,*
bei Auseinandersetzungen an den Letzen (= Falschen) *kommen,*
als Vorgesetzter ein ganz Letzer (= Unangenehmer) *sein,*
bei unerfreulicher Nachricht »o letz, o letz!« ausrufen.

Bis zum Bombenangriff auf Heilbronn im Dezember 1944 war der Ausdruck *letz* auch auf einer Gedenktafel zu lesen, die an jenem Bürgerhaus angebracht war, in dem *Götz von Berlichingen* während seiner Gefangenschaft von 1519 bis 1522 gewohnt hatte:

Unser großer Landsmann Götz
sprach, jetzt geht die Sache letz,
aber – eh ich soll verrecken,
könnt ihr mich am Arsche lecken.
Goethe hört dies große Wort,
gibt ihm einen Dichterhort,
und er schafft mit dieser Tat
Deutschlands häufigstes Zitat.

Der Verfasser dieses Poems war kein geringerer als der *Pennäler Theodor Heuss.* Und ich bin noch heute saumäßig stolz darauf, daß mir der *Altbundespräsident* dem Protokoll zum Trotz während eines Empfangs der Landesregierung anläßlich des 61. Deutschen Wandertags im August 1960 in Göppingen eben diese Verse aus dem Stegreif buchstäblich ins Ohr geflüstert hat.

Klarheit schafft in Wort und Tat
letztlich nur das Götz-Zitat!

losne'

Hier geht es ums Gehör, allerdings nicht ums Hören als solches, sondern ums Horchen, Lauschen oder Zu- und Herhören. Mit *»Losne!«* oder *»Los' emol!«* fordert man seinen oder seine Gesprächspartner auf, aufmerksam zuzuhören.

Luckeleskäs

Daß es sich dabei um handelsüblichen *Quark* handelt, läßt sich nicht abstreiten. Wer *Luckeleskäs* jedoch sprachlich auf *lockeren Käse* zurückführen will, hat keinen blassen Schimmer von der Hühnerzucht. *Luckele'* nämlich werden hierzulande die *Kücken* genannt, und diese gedeihen eben besonders gut, wenn man ihnen besagtes Milchprodukt verfüttert.
Daß es manche schwäbische Hausfrau heutzutage im Supermarkt nicht mehr wagt, *Luckeleskäs* zu verlangen und dafür *simplen Quark* einkauft, ist freilich sehr bedenklich!!

lupfe'

Wie beim Gehen, Laufen und Springen gibt es beim *Lupfe'* immer wieder Mißverständnisse. Was der Reingeschmeckte *hebt*, das *lupft* der Schwabe und woran sich der Schwabe *hebt*, daran *hält* sich der Reingeschmeckte.
Wir Schwaben *lupfen* z. B. einen Koffer ins Gepäcknetz, nach der Schriftsprache müßten wir ihn *hochheben;* andererseits *heben* wir uns am Treppengeländer, damit wir den *Halt* nicht verlieren, während sich der Reingeschmeckte von vorneherein daran *festhält.* So kann es gefährlich werden, wenn eine fensterputzende

schwäbische Hausfrau ihrem norddeutschen Untermieter zuruft, er möge die ins Schwanken geratene Bockleiter, auf der sie gerade steht, *gschwend hebe'*. — Wenn er die Leiter dann nicht, wie es gemeint ist, *festhält*, sondern *anhebt* und damit *lupft*, ist das Unglück da. — Bei einem guten Viertele freilich ist es unerheblich, ob man sein Glas *lupft* (= hebt) oder *hebt* (= festhält).
Wenn sich der Schwabe *verlupft*, mutet er sich zuviel zu und muß u. U. mit einem Leistenbruch rechnen. Wenn er etwas *verhebt*, eine grobe Bemerkung etwa oder einen Furz, so hält er sich zurück. Fehlt ihm diese Zurückhaltung, gibt es, wie folgender Monolog veranschaulicht, noch immer einen Weg:

»*Hebet me* (= haltet mich zurück), *oder i komm uf Raoteburg!*« rief ein Tübinger Wengerter seinen Stammtischbrüdern zu, als er sich im *Jäst* (= Zorn) anschickte, einem vorlauten Studenten mit voller Wucht einen Mostkrug aufs Haupt zu schlagen. — Dazu muß man wissen, daß Tübingen zum *Einzugsgebiet des Rottenburger Gefängnisses* gehört.

Doch bevor ich jetzt *mein' Huat lupf*, noch eine hintersinnige Dreingabe:
Wenn ein Mädchen seinen Rock *hebt* (= festhält), damit ihn der Wind nicht *lupft* (= hochhebt), so grenzt das ans Paradoxe!

Maultasche'

Hackfloisch, Zwiebel, Peitsche'stecke',
wassergwoichte Doppelwecke',
Peterleng, Spinat ond Brät,
älles durch de Floischwolf dreht,
Oier drüber, Salz ond Pfeffer,
geit e Toigle, geit en Treffer
grad für d'Nudelböde' gricht;
ond schao' kriagt dui Sach e Gsicht!

Drufgschmiart, zuadeckt, toilt ond gschnitte',
net lang gfacklet maih ond ditte',
nei' en d'Brüah ond ufkocht gschwend! —
Selber schuld, wer 's Maul verbrennt!

Dieses von mir zusammengereimte *Hausrezept,* das mein reingeschmecktes Weib von meiner urschwäbischen Mutter übernahm, entspricht der Familientradition, aber auch meiner persönlichen Geschmacksrichtung. An der reichhaltigen Zusammensetzung der Fülle ist außer Metzger und Bäcker auch noch der Gärtner beteiligt. Spinat und Kräuter kommen heutzutage nämlich oft zu kurz.

Dabei waren die *Maultasche'* — häufig auch *g'füllte Nudle'* genannt — ursprünglich eine *Fastenspeise.* Noch heute ißt man sie traditionsgemäß am *Grün*donnerstag. Damit der liebe Gott nicht böse wird, wenn man in der Karwoche Fleisch zu sich nimmt, versteckt man es eben — schön kleingehackt und *hehlenge'* — unter Nudelteig und zwischen *grünem* Spinat. ER wird's schon nicht merken!!

So haben die Bäcker am Gründonnerstag Hochbetrieb. Man tut deshalb gut daran, seine *Nudelböde'* (maschinell hergestellte ca. 35 cm breite langausgewellte Nudelteigstreifen, die pfundweise verkauft werden) rechtzeitig zu bestellen, wenn man den Nudelteig nicht selbst herstellen will, was *e Mordsg'schäft* ist. Auch unter dem Jahr bieten viele Bäckereien an bestimmten Wochentagen Nudelböden an.

Wenn Sie mich fragen, so esse ich die *Maultasche' am liebsten in der Brühe.* Geschmelzt oder geröstet mit *Krommbiare'salat* (= Kartoffelsalat) serviert, lasse ich sie aber auch nicht stehen.

Noch ungeklärt ist, ob die *Maultasche'* etwa über die alten Römer unter dem Schutz des Limes auf uns gekommen sind. Sollte das zutreffen, so hätten die italienischen *Ravioli* (nach Duden = Pasteten aus Nudelteig) nach Form und Gehalt einen erheblichen Degenerations- bzw. Schrumpfungsprozeß durchgemacht!! Im übrigen waren unsere *Maultasche'* erst vor kurzem in ihrer Existenz ernstlich bedroht. Der Bundesratsausschuß für Ernährung ließ sich nämlich erst nach heftigem Protest unserer Landesregierung davon überzeugen, daß der Verkauf von Wurstbrät zur Füllung von Maultaschen und Krautwickeln nicht gegen die neue Hackfleischverordnung verstößt. In der Verordnung war zunächst ein generelles Verkaufsverbot für halbgepökelte Fleischprodukte vorgesehen. — *Ha no!*

Darauf trotzdem noch einen Limerick:

Mehr sein, sagt der Schwabe, als scheinen.
Im Großen gilt dies wie im Kleinen.
Wer Maultaschen ißt,
Erst richtig ermißt,
Was innerer Wert ist bei Schweinen.

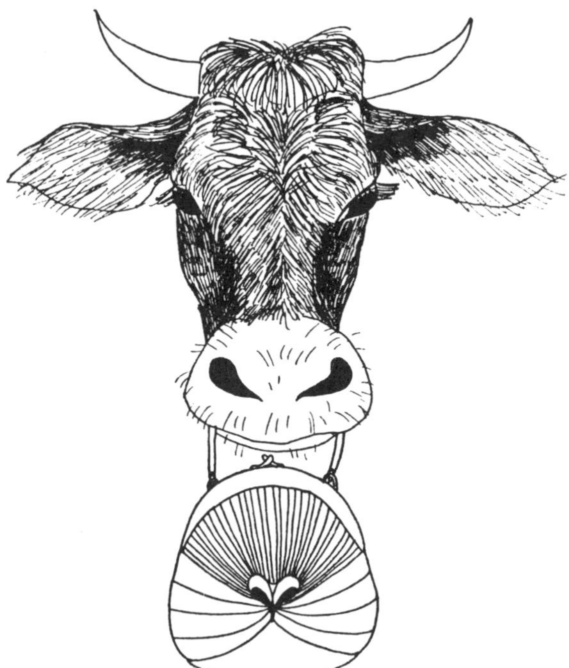

Mensch

Daß sich selbst der Schwabe als *Mensch* fühlt, wer wollte das bestreiten?! Von sprachlichen und mentalitätsbedingten Besonderheiten abgesehen, ist somit das *Schwäbisch-Allzuschwäbische* gleichzusetzen mit dem *Menschlich-Allzumenschlichen.*

Es menschelet halt, sagt man verständnisvoll, wenn man nicht ohne Schadenfreude bei seinen Mitmenschen kleinere und mittlere Schwächen entdeckt und toleranterweise darüber hinwegzusehen vorgibt.

Anders ist das freilich, wenn man es nicht mit einem *Menschen,* sondern mit einem *Mensch* zu tun hat. Da ist Vorsicht am Platz, zumal das (neutrale) *Mensch* nur in weiblichen Exemplaren vorkommt, die in der Mehrzahl *Menscher* heißen. So ist der Schlagertext *»Hier ist ein Mensch . . .«* im Schwäbischen recht zweideutig.

Während das *saubere Mensch* wie das *Bombe'mensch* noch als ehrliche Anerkennung weiblicher Proportionen zu werten ist, sind die im Schimpfkalender aufgeführten Ausdrücke wie *Saumensch, Lompe'mensch* oder *Hure'mensch* eindeutig als grobe Beleidigung zu werten. Es sei denn, man kann vor Gericht den Wahrheitsbeweis antreten, was in der Regel nicht leicht ist.

Das Menschle, vor allem *das saubere Menschle* steht da schon höher im Kurs. Es braucht zwar auch nicht unbedingt unbescholten zu sein, im Hinblick auf seine jugendlichen Reize sind ihm jedoch bei entsprechenden Gratifikationen mildernde Umstände sicher. — Wenn es sich letztlich dann doch als *lompigs Menschle* entpuppt, ist das Künstlerpech und auf *mangelnde Menschenkenntnis* des Partners zurückzuführen.

Damit sind wir wieder beim *Menschlich-Allzumenschlichen* angelangt, das in schwäbischer Prägung noch zu demonstrieren wäre. Daher rasch noch einen Griff in unseren Spruchbeutel:

Wenn no älle wäret, wia-n-i sei' sott!
Dem sei' guats Gwisse' kommt bloß vo' seim schlechte Gedächtnis.
Überaal ist ebbes, aber bei dem ist gar nix.
Wo-n-e na'komm, isch nix, ond überaal ka'-n-e doch net sei'!

Mögetse

Ich weiß, dieses Stichwort ist ausgefallen und selbst Einheimischen auf Anhieb nicht unbedingt verständlich. Ich habe es trotzdem gewählt, weil ich aufzeigen will, wie schwierig es ist, das elementare Wort *Liebe* ins Schwäbische zu übersetzen.

Bei uns kann zwar ein Kind arg *lieb* oder auch bös sein, auch ist mir persönlich z. B. ein Viertele Wein *lieber* als ein Glas Hahnenwasser, womit man doch *bloß Läus en Bauch kriagt*. Weiter geht die *Liebe* aber nicht.

Ein schwäbisches *Liebespaar mag sich* (= hat sich gern, kann sich gut leiden). Die ausschlaggebende Frage lautet daher niemals »liebst du mich?!«, sondern immer *»Magst mi?«*

»Weil mr grad beinander send,
sag mr, Gretel, sag mr gschwend,
Gretel, magst du mi?«

»Freile, Hansel, mag i di;
aber sag, magst du au mi,
so wia-n-i di mag?«

»Gretel, narr, ond wenn-e sag,
ärger noh wia-n-i di mag,
ka' de koiner möge'!«

»Hansel, oh, ond deinetwege'
do tät älles, älles i! —
Guck, so mag i di!

Aber, Bua, komm sag mr gschwend,
weil mr grad beinander send,
magst du, magst du mi . . .?«

So ist, wenn sich zwei mögen, die *Mögetse* (= das Sich-Mögen, die Liebe) groß. — Im übrigen heißt es:

> *Aus manchem Spaß wird Ernst*
> *ond aus manchem Späßle e Ernstle!*

Dazu noch zwei Erfahrungsberichte aus den Gogen-Witzen:

Ein Ehepaar lebt tagsüber in Zank und Streit. Des Nachts aber vertragen sich die beiden wieder, und das auf folgende Art: Er: »Will mr oder will mr et?« — Sie: »Mr hot noh nia gsait, mr wöll net.«

Ein Weib kam alle paar Wochen jammernd ins Pfarrhaus gelaufen und beklagte sich bitter über ihren Mann, der sie ständig quäle und schlage. — »Meine gute Frau«, wandte da der Geistliche ein, »dann verstehe ich nur nicht, weshalb Sie trotzdem alle Jahre ein Kind bekommen.« — »Ja no«, antwortete das Weib, »was tuat mr net älles en dr Wuat!?«

Most

Beim schwäbischen *Most* handelt es sich um *Apfelwein* zumeist mit Birnenzusatz. Früher war es der Stolz jedes schwäbischen Haushalts einige Fässer davon im Keller zu haben. Durch die Einführung ertragreicher Tafelobstsorten und den dadurch bedingten Rückgang des *Mostobstes* sowie durch schlechte Lagerungsmöglichkeiten in Neubauten ging die private *Mostkelterei* in den letzten 30 Jahren erheblich zurück. Sie nimmt jetzt allerdings wieder etwas zu.
In einigen Ausflugsgaststätten bei Tübingen wird der *Most* wie eh und je vor allem als *Mostbowle* angeboten und von Studenten in beachtlichen Mengen konsumiert.
Fest steht:

> *E guater Moost ist älleweil noh besser wia-n-e schlechter Wei'.*

und

> *Moostköpf* (die mit Most statt mit Muttermilch aufgezogen wurden)
> *laufet älle'weil noh gnuag rom!*

»Moinst, mögst Moost« (= meinst du, der Most würde dir munden)?! Unter dieser volkstümlich-stabgereimten Überschrift habe ich 1948 folgende, damals noch sachlich zutreffenden Verse geschrieben:

's ist e Kreuz halt mit-em Durst
bei ons Schwobe', 's ist mr wurst!

Fangt mr morgnets a' mit Moost,
hairt mr obneds uf mit Prost!
So goht's fort Tag aus, Tag ei',
's will halt herzhaft ei'gschenkt sei';
denn wia's Gretele zom Hansel,
wia dr Pfarrer nuf uf d'Kanzel,
wia dr Bräutigam zur Braut,
wia dr Speck ens Sauerkraut,
wia zur Hos dr Hose'sack,
wia zom Klobe' dr Tabak,
wia dr Storch zom Kenderkriage'
ond zom Zeitongsschreibe' 's Lüage'
ghairt dr Moost — so ist-es eabe' —
bei de Schwobe' mit zom Leabe'.

Do geit's nix, denn aohne Moost sei',
hoißt beim Schwobe': Net bei Trost sei!

Mucke'

Eine schwäbisch *Muck* sticht nicht und ist somit weder eine *Schnake* noch eine *Mücke,* was ohnehin dasselbe ist. Sie ist vielmehr eine biedere *Stubenfliege* und als fette *Floischmuck* eine Delikatesse für einen wetterprophetischen Laubfrosch auf dem Leiterle im Einmachglas. — Natürlich kommt es vor, daß einer so überempfindlich ist — ich meine jetzt einen Menschen, keinen Frosch! — daß ihn die

Muck an der Wand scheniert. Sei's drum! Bevor man zum *Mucke'patscher* (=Fliegenklappe) greift, verdient folgender Spruch Beachtung:

De gscheite Mucke' hocket glei uf de Mucke'patscher nuf,
wenn se net he' (= hin) sei' wöllet.

Während das der männlichen *Muck* vorbehaltene *Mucke'seckele* so *monzig kloi'* (munzig = klein wie eine Münze) ist, daß sich das Hinschauen gar nicht lohnt, sind *Mucke'schiß* nicht gerade hygienisch und gehäuft überdies unschön. Man kann daher das durch Oberschwaben wallfahrtende Bauernweible wohl verstehen, wenn es während der Messe erschrocken ausruft:

»Liabs Herrgöttle vo' Biberach, wia hent di d'Mucke' verschisse'!«

Mucke' kann aber auch der Mensch haben — vor allem im Kopf! Mancher *muckt* (= begehrt) dann sogar heftig auf, wenn man es ihm notgedrungen *muckt* (= ihm hinausgibt). Wie harmlos sind da doch *d'Roßmucke'* (= Sommersprossen)!

Schlimm allerdings kann es ausgehen, wenn ein Nichtschwabe der irrigen Meinung ist, die Mehrzahl von *Muck* heiße *Mücken.*

Ein Erntewagen schwankte schwer beladen dem Dorf zu. Vorne beim Kuhgespann schritt der Bauer, hinter dem Wagen folgte der junge Erntehelfer aus dem Rheinland. Es ging einen ziemlich steilen Abhang hinunter, und da rief der Bauer: »Micken!« — Der Helfer eilte nach vorne, verstand nicht.

»Micken!« wiederholte der Bauer, derweil der Wagen mehr und mehr ins Rollen kam, die Kühe kaum mehr zu halten waren. »Micken, Micken! Himmeldonnerwetter!« schrie der Bauer verzweifelt.

Da ging dem Helfer ein Licht auf. Mit schnellen Sätzen war er bei den Kühen, und wo sich eine Mücke zeigte, schlug er mit dem Taschentuch zu, vertrieb er diese lästigen Quälgeister.

Machen wir's kurz. Glück muß man haben. Es ging noch einmal gut ab. Der Wagen kam unten zum Stehen. Mensch und Tier verschnauften schweißtriefend. — Wortlos ging der Bauer nach hinten, drehte die Bremskurbel und erklärte dem erschöpften Helfer, was man auf der Schwäbischen Alb unter »Micken« versteht.

Hätten Sie doch gerufen: »Bremsen!« versuchte sich der Erntehelfer zu rechtfertigen. —
»Gschwätz, domm's, gab der Bauer zurück, »mit deim wilde' G'fuchtel host se doch älle verjagt, dia Bremse'!«
Trotzdem gilt:
Do hot mei' Vatter gmickt, ond do mick i au — ond wenn's de Buckel nuf goht!

Mutschel

Als Paniermehl wird in schwäbischen Bäckereien und Lebensmittelgeschäften neben Weckmehl auch *Mutschelmehl* angeboten. Der Unterschied liegt darin, daß das erstere ohne, das letztere mit Zusatz von Milch hergestellt wird. *Mutschler* oder *Mutscheler* als Geschlechtsnamen bedeutet im übrigen so viel wie Feinbäcker, womit wir bei der *Mutschel* als solcher angelangt wären, einem früher sehr verbreiteten »Milchbrot«.
Heute werden *Mutscheln* eigentlich nur noch *in Reutlingen* und Umgebung gebacken, und zwar jeweils am Donnerstag nach dem Dreikönigstag, dem sogenannten *»Öbersten«* oder »Hohen Neujahr«, weil dieser Tag als Erscheinungsfest vor langer Zeit einmal mit dem Jahresanfang zusammenfiel.
Bei der *Mutschel* handelt es sich um ein sternförmiges Gebildbrot, auf das ein geflochtener Kranz aufgesetzt ist. Der Durchmesser ist sehr verschieden und kann Wagenradgröße erreichen. Das Besondere aber ist, daß man in Wirtschaften, Backstuben, in Vereinsheimen, aber auch in Privathaushalten um diese Mutscheln nach ganz besonderen Spielregeln würfelt. *Man mutschelt* d. h. *man geht zum Mutscheln.* Originell und verhältnismäßig alt sind hier die Namen der einzelnen »Spielarten«. Da gibt es z. B. den *»Studentespasch«*, den *»Doppelgänger«* wie die *»einsam' Filzlaus«*, das *»Mausloch«* oder den *»lange' Ente'schiß«*. Zwei Strophen aus meinem Mutscheltaggedicht mögen einen Einblick in diese Atmosphäre geben:

So knoblet se dia Mutschle' raus
ond machet Strich om Strich

mit Kreide glei uf d'Tischplatt na'
ond kennet jeden Schlich.
Doch noch de »böse Siebe« ist
d'Katz nonter halt de Bach:
»Fenf Fenger« oder »Hoor oms Loch«
ist au e feine Sach.
Kurzom, se schmeißet Pasch om Pasch,
ond jeder stellt sein Ma',
ond »blost dr Wächter erst vom Turm«,
kommt's »nacket Luisle« dra'.

E Fest ist des, wia's wenig geit,
en Allmachts-Kugelfuhr!
Koi' Wonder guckt koi Mensch au no
e gotzigsmol uf d'Uhr.
Ond zwölfe schleet's ond ois ond zwoi,
was is do schao' dabei?
E Viertelstond, e Ständle noh!
E Spiel ist glei verbei.
Z'letzt aber brengt e'jeder Ma'
(sonst kämt-er glei ans Britt)
seim Weib, seim Schatz, e Mutschel halt
als Drache'fuatter mit.

Brauchtumsträger waren ursprünglich nur Männer und Burschen. Im Zeichen der Gleichberechtigung werden heutzutage aber auch Frauen und Mädchen *beim Mutscheln* zumindest »geduldet«!

narr

»O Kerle, narr, du bist grad au nemme dr Schönst'«, gibt der Frieder hinaus, als ihn der Karle ob seiner Glatze hänselt.

Dieses kleingeschriebene *narr* geht sprachlich zwar auf den *Narren* als Tölpel und Dummkopf zurück; eine Beleidigung stellt der Ausdruck jedoch nicht dar. Im Gegensatz zum *gell,* das im allgemeinen der Vergewisserung dient, setzt das *narr* voraus, daß der Gesprächspartner, wenn er *kein erklärter Narr* sein will, gar nicht anderer Meinung sein kann. Einige Beispiele mögen das belegen:

Über einen eigensinnigen Nachbarn:

Narr, den Sempel machst au nemme anders!

Über eine liebestolle alte Jungfer:

Narr, alte Goiße schlecket au noh gern Salz.

Vor einer wichtigen Entscheidung:

Narr, des muaß mr sich dreimol überlege'.

Nach einer Fehlentscheidung:

Narr, des ka'st vorher halt nia wisse'.

Nach einer unerwarteten Wendung zum Guten:

Narr, do he-mr aber nomol Glück ghett.

Über die Steuerpolitik der Regierung:

Narr, do ghört nei'gschlage mit Eise'bah'schiene, wo no halbe Bah'höf dra'hanget!

Beim letzten Beispiel kann man davon ausgehen, daß die Gesprächspartner überdies *narret* (= wütend) sind.

Nestel

Bekanntlich hat der Schwabe seine eigenen Vorstellungen von Gott und Welt. Und da er sich in seinem unwiderstehlichen Drang nach Wahr- und Klarheit nicht gern *einschnüren* und noch weniger in den *Senkel* stellen läßt, wird man ihn niemals dazubringen, *Schnürsenkel* zu tragen. Dafür hat er seine bereits während der Völkerwanderung bewährten *Schuhnestel,* mit denen der *Nestlesschwab* sogar seine Hosen *zuzunesteln* pflegte.

Im übrigen kann man außer Schuhen und Hosen auch sonst noch allerhand *auf- und zunesteln:* Mieder zum Beispiel — sogar *geschnürte!*

Nuster

Darunter versteht man eine *Halskette.* Zur Volkstracht gehörte früher bei den Mädchen in der Regel das *Nuster,* das – enganliegend und aus mehreren übereinanderliegenden Perlenketten zusammengesetzt – bisweilen eine Breite von 5 cm erreichen konnte – und so gegebenenfalls auch das *»schönste« Kröpfle* verdeckte. Um echte Perlen handelte es sich dabei freilich nicht.
Der Ausdruck *Nuster* geht als Abkürzung auf *pater noster* auf den ebenfalls aus »Perlen« bestehenden *Rosenkranz* zurück. Diese – häufig aus Holz gefertigten *Kügele'* wurden zumindest in Oberschwaben *Päterle'* genannt.

o'a'g'nehm

Sag emole »o'a'g'nehm – –,
o'a'g'nehm«, hano!
Wenn de des net sage' ka'st,
woiß mr älles scho',
Blitzblech noi'! – Do hot s de jo
o'a'g'nehm vertwischt,
weil de noh beileib koi' Schwob
ond bloß rei'gschmeckt bist.

Das Wort *o'a'g'nehm* wird in der Tat für Reingeschmeckte durch Mißachtung von drei Buchstaben *unangenehm.* Das ist darauf zurückzuführen, daß die durch Ausfall der beiden *»n«* nasalierten Vokale zu Beginn des Ausdrucks die Artikulierung komplizieren und eine bestimmte Atemtechnik erfordern. Es handelt sich hier somit eigentlich um ein *Problem der Sportmedizin,* das nur durch intensives und jahrelanges Training zu bewältigen ist.
Unumwundene Bewunderung verdienen daher alle Nichtschwaben, die es trotzdem immer wieder auf Anhieb riskieren, das Wort falsch auszusprechen.

Manchmol ist mir des selber direkt o'a'g'nehm!

Omständ

Bedeutungsvoll und eindeutig zugleich ist es, wenn ein Mädchen oder eine Frau *en andere Omständ* (= schwanger) ist. Ganz anders liegt der Fall, wenn in einer Gastwirtschaft eine Rauschkugel (= Betrunkener) plötzlich *Omständ* macht und dem Auge des Gesetzes beim Bieten der Polizeistunde unter Zweckentfremdung eines Bierglases zu einem blauen Auge verhilft. Daß unser Schutzmann dann *nemme viel Omständ* macht und den *Schlawiener* am *Schlawittle* packt, wer mag ihm das verdenken?!
Wesentlich harmloser ist es da schon, wenn es um gegenseitigen freundnachbarlichen *B'suach* oder um ein *B'süachle* geht. Wenn da z. B. die Frau Hämmerle die Einladung der Frau Schäufele zum Nachmittagskaffee entgegen- und annimmt, wird sie – ihrer guten Erziehung eingedenk – ganz bestimmt sagen:

»Aber gell, Frau Schäufele, machet Se wege' mir aber bitte koine Omständ!«

Daß die gute Frau Hämmerle dabei insgeheim auf mindestens sechserlei Kuchen oder Torten hofft, hängt *onter Omständ* ausschließlich mit dem Ewigweiblichen zusammen und gehört somit nicht mehr zum Thema.
Im übrigen halten wir Schwaben uns von Haus aus für ausgesprochen gastfreundlich:

Wenn's o'bedenkt sei' muaß, noh kommet Se halt rei'!
Bsuach hent mr gern, solang-er d'Schuah net ausziagt.
Weib, i glaub, mr ganget ens Bett, daß onsere Gäst hoimkönnet.
E Onkel, wo ebbes brengt, ist besser wia-n-e Tante, wo Klavier spielt.

Dazu noch eine Geschichte von Alfred Weitnauer:

Im Historischen Verein zu Kempten hat einmal ein auswärtiger Professor einen Vortrag gehalten. Er logiert bei einem ehemaligen Studienfreund. Am andern Tag weiß man sich so viel zu erzählen von früher, daß man allseits bedauert, wie der Besuch schon wieder fort will. Der Herr Professor meint nun, er könne doch

die Gastfreundschaft nicht noch mal für eine Nacht in Anspruch nehmen. Man nötigt ihn zu bleiben, er widerspricht aus Höflichkeit. Da beendet die Frau des Hauses die Debatte:
»Ha, freile bleibet Se nomol da, Herr Professor, d'Bettwäsch isch ietz alleweil scho' verdrecklet.«

Pfitzauf

Man nehme Eier, Milch, Mehl, Zucker und Fett, verrühre das Ganze, fülle die Masse in tönerne oder blecherne tassengroße Formen und schiebe diese in den Backofen.
Hat man Glück, kann man die *Pfitzauf* (Mehrzahl!) nach etwa einer Dreiviertelstunde braungelb und schön *gugelopfförmig aufgebläht* (= aufgeblasen) zusammen mit *Ei'g'machtem* (= Kompott) auf den Tisch bringen. Hat man Pech, muß man sich mit *z'samme'tätschte ond kätschig toigete* (= zusammengesessenen, klitschig-teigigen) *Pfitzab* abfinden.

Quadrat

Es spricht für die Weltoffenheit des Schwaben, daß er dieser international gebräuchlichen geometrischen Bezeichnung einen so hohen Aussagewert beimißt, daß er sich dieselbe vor allem für Ernennungen und Beförderungen vorbehält.
So ist ein *Rindviech im Quadrat* eindeutig höher einzustufen als ein *simples Rindviech,* vor allem wenn damit zufällig ein Vorgesetzter gemeint ist. Auch ein *Quadratsbachel* steht weit über dem Durchschnitt vergleichbarer Porzellanladenelefanten.
Unentbehrlich wird das *Quadrat* aber beim *schwäbischen Gruß,* vorausgesetzt, daß man dem volkstümlichen *»Am«* den Vorzug vor dem klassischen *»Im«* einräumt. Die Gleichung lautet dann

$$l\,m\,i\,a = l\,m\,a^2$$

räß

Von mittelhochdeutsch *raeße* abgeleitet, geht der Ausdruck vermutlich auf das lateinische *radere* = kratzen zurück, wie übrigens auch unser Radiergummi und die künstlerische Radierung. Die beste Definition für *räß* finden wir — auch wenn der Ausdruck selbst darin nicht erscheint — in folgendem *Gogen-Witz:*
Die uralte Neckerei zwischen den Tübingern und den Reutlingern über die Qualität ihrer Weinbergerzeugnisse: »Sei no still«, sagt der Reutlinger, »dei' Wei' reißt oim jo e Loch en de Mage'!« — Darauf der Tübinger: »Was tuat's! Dei' Rache'putzer zuiht des Loch jo wieder z'samme'!«

Eine andere Version in Versen:

Der Tübinger, der kratzt und beißt,
als wenn e Katz de Hals nakreist (kriecht);
beim Reutlinger, do isch oim ganz,
als ziag mr se wieder ruf am Schwanz!

Der Emil, einer alteingesessenen Tübinger Weingärtnerfamilie entstammend, hatte — alle wohlgemeinten Warnungen in den Wind schlagend — eine wohlhabende Reutlingerin angelacht und geheiratet. Sie brachte neben einigem Geld auch ein 200-Literfaß voll des besten Reutlinger Weines mit in die Ehe. — Nach Ablauf der Flitterwochen befragt, wie es ihm gehe, meint er freimütig: »Mr lernt halt nia aus. Emmerhe' woiß-e jetzt, was mr onter Mitgift verstoht!« — Da bleibt nur zu hoffen, daß er nicht auch noch eine räße »Giftnudel« (= kratzbürstig-böses Weib) erwischt hat.

Dazu noch eine »verbürgte« historische Begebenheit: Prinz Eugen der edle Ritter war einmal in der freien Reichsstadt Reutlingen zu Gast, wo ihm zum Willkommen ein Pokal einheimischen Weins (Spätlese) kredenzt wurde. Erbleichend setzte er schon nach dem ersten Schluck ab und flüsterte seinem Stab zu: »Lieber ein zweites Mal Belgrad erobern . . .!«

Ranze'

Mit unserem *Ranze'* ist das so eine Sache. So kann der Frieder dem Karle z. B. mit einem Prügel, er sich selber aber mit Metzelsupp *de Ranze' voll schlage'*. Im einen Fall ist davon der *Rücken,* der bei uns *Buckel* heißt, im anderen der Bauch betroffen. Trotz allem trägt man auch hierzulande den *Schulranze'* nicht auf dem *Bauch.* Sprachlich unmißverständlicher ist es da schon, wenn *Buckel* und *Ranze'* eine Koalition eingehen, indem der Vater seinen Sprößling *buckelranze'* (=huckepack) trägt.

Bauch *und* Rücken sind gemeint, wenn man jemanden, der sich vorbeibenommen hat, auffordert, er möge sich *om de ganze Ranze' rom* schämen. — Wie lange er dazu braucht, hängt dann von seinem Leibesumfang ab.

Im übrigen gilt:

Liaber en Ranze' vom Fresse' wia en Buckel vom Schaffe'!

rei'gschmeckt

Im Gegensatz zum bayerischen *Zuagroastn* (= Zugereisten) dürfte der Begriff des *Hereingeschmeckten* erst nach dem Zweiten Weltkrieg allgemein aufgekommen sein, als die Heimatvertriebenen und Flüchtlinge aus den Ostgebieten ins Schwabenland kamen.

Zumindest seither wird dieser Ausdruck in der Regel in durchaus versöhnlichem Sinn gebraucht — als Necknamen sozusagen. Bei einem handfesten Krach nämlich würde der Schwabe den »aufsässigen Eindringling« nicht eben fein, dafür aber stimmgewaltig als *hergloffe'* (= dahergelaufen) bezeichnen. *Rei'gschmeckt* wäre da viel zu zahm.

Mehr über dieses Thema ist unter dem Wörtle *schmecke'* nachzulesen.

Sau

Hier handelt es sich um eine im Schwäbischen besonders variable Bezeichnung. Natürlich versteht man unter *Sau* auch bei uns zunächst ein *weibliches Schwein*. Die unter Einschaltung eines *Ebers* geworfenen *Ferkel* heißen *Säule'*, *Futschele'*, *Botzele'* oder *Suckele'*, und zwar ohne Rücksicht auf das Geschlecht. Die männliche Entsprechung *Eberle* indessen ist eigentümlicherweise nur als menschlicher Geschlechtsname gebräuchlich.

Immerhin kann man es hierzulande als *Rudolf Eberle zum Minister* und sogar wie mein hochgeschätzter dichtender Landsmann *Josef Eberle alias Sebastian Blau zum poeta laureatus* bringen. Beide mögen mir diesen namenkundlichen Seitensprung verzeihen. *Do pfupfert's oin halt* (sticht einen der Haber!). Bei *August Lämmle* konnte sich diese Frage nicht stellen, da es auch im schwäbischen Tierreich *Osterlämmle'* gibt.

Doch zurück zur *Sau*, die — sofern sie sich wild als Wild im Wald herumtreibt, *Wildsau* heißt, einen *Keiler* zum Mann hat und *Frischlinge* zur Welt bringt. Wie wild es die *Wildsäu* kurz nach 1945 im schwäbischen Raum trieben, als die Besatzungsmacht sämtliche Jagdgewehre beschlagnahmt hatte, mögen folgende Verse verdeutlichen:

E WILDE SAUEREI

Ist des vielleicht e Sauerei
mit deane wilde Saue'!
Mr ka' sich nemme aus-em Haus
ond net en Wald naus traue'.

Se sauet en dr Gegend rom
ond glei en helle Haufe',
ond we-mr oi're ao'gschickt kommt,
noh ka'mr's net verschnaufe'.

Em Karle laufet Stucker sechs
grad en de Weg wia bsoffe';
ond beinoh hätt-en uf dr Stell
's Arteriaschlägle troffe'.

Dr Franz verkommt're wilde' Sau
glei oberhalb vo' Stette'
ond ka sich bloß mit knapper Naot
noh uf sei' Kuah nuf rette'.

E Pärle tuat em Wäldle duß
selbzwoit sich verlustiare',
do lauft doch so e Sau daher
ond tuat-en fürs Pussiare'!

E Fuhrwerk fährt en Grabe' nei',
zwoi Auto boxet z'semme',
e Jongfer kriagt en Nerve'schock,
e Bauer 's graoße Kremme'.

Dr Schultes aber, de-st e Sach,
macht d'Hose' vool vor Schrecke';
ond älles bloß, weil so e Sau
spaziare' lauft em Flecke'.

Jetz saget noh, was send denn des
au huier bloß für Zeite'?
Wer möcht ob so're Sauerei
net uf dr Sau naus reite'?!

Da haben wir also die *Sauerei,* die sich noch zur *Erz-* und *Allmachts-,* ja sogar zur *Allmachts-Erz-Sau-Sauerei* steigern läßt. Von hier ist es dann nicht mehr weit zum *Saustall, Saulade'* und *Sauhaufe',* drei Bezeichnungen, die der selbstbewußte schwäbische Staatsbürger für Behörden wie für Organisationen zu reservieren pflegt. Noch um einiges reichhaltiger ist schließlich das Repertoir im persönlich-intimen Bereich. Hier reicht die Skala — alphabetisch geordnet — vom *Saubär, Saubauer und Saubua* über den *Saudackel, Sauigel, Saukerle* und *Saukopf* bis hin zum ordinären weiblichen *Saumensch.* Nicht minder eindeutig sind Ausdrücke wie *taube Sau, Becke'sau* und *Drecksau.* Hier zwei Beispiele für die richtige Anwendung:

Der Drang zum Höheren wirkt sich bekanntlich auch in der Namengebung aus. Einem kleinen Gogenmädchen, das in der Mordiogasse im Kandel (= Rinnstein) dreckelt, ruft die Mutter zu: »Aurora, du Drecksau!«

Der Hannes hat gehört, daß die Hexen weiße Knie haben. Nach einer bei seinem Weib angestellten Untersuchung: »O Kätter! Tuar no dein Rock wieder na! E Hex bist net, aber e Drecksau!

Wie harmlos nimmt sich dagegen die *Tente'sau* oder *Tente'suckel* als *Tintenfleck* auf dem Tischtuch aus! Auch *Sauäugle'* (= kleine schmale Augenschlitze) sind so wenig eine Beleidigung wie ein *Saumage',* der beneidenswerterweise alles verträgt. Vom *Saumage'* ist es zur *Saubloder* (= Schweinsblase) nimmer weit. An einem Wirtshaus angebracht, ist sie als Einladung zur Metzelsuppe und Schlachtplatte zu verstehen, in der schwäbisch-alemannischen Fasnet aber dient sie als Schlag- und Lärminstrument.

Etwas besonderes hat es mit dem kleingeschriebenen *sau* als steigernder Vorsilbe auf sich. Da ist ein Zeitgenosse *saug'scheit*, ein anderer *saudomm*, ein Brief *sauwichtig*, eine Tanzveranstaltung *saufad* und ein gut vorgetragener Witz *sauglatt*. Doch auch solche Aussagen lassen sich noch steigern mit dem Allzweckausdruck *saumäßig*. Da kann ein Sonnenaufgang *saumäßig schö'*, ein Wanderziel *saumäßig weit* und ein Grobian zu seinem Weib *saumäßig wüast* sein. Man kann sich aber auch über etwas *saumäßig freue'* oder auch *ärgere'*. Daß man den Ausdruck durchaus auch in ernstem Zusammenhang gebrauchen kann, zeigt folgendes Beispiel:

Der von schwerer Krankheit genesene Gottlob trifft seinen Seelsorger. Als ihn dieser auf die ihm so offensichtlich zu Teil gewordene göttliche Gnade anspricht, bekennt er treuherzig: »Freile, Herr Pfarrer, mr ist halt saumäßig en Gottes Hand!«

Aber das ist noch immer nicht alles: Mit dem Tätigkeitswort *saue'* (= rennen) bezeichnet man die denkbar schnellste Fortbewegungsart, den *Schweinsgalopp:*

»Hannele! Sau!« hört ein aus Norddeutschland nach Tübingen verschlagener Theologie-Professor einen Dreikäsehoch seiner kleinen Spielgefährtin zurufen. – »Aber, aber, wer wird auch so schimpfen!« meint er mit warnend erhobenem Zeigefinger. – Ein schwäbischer Professor, der das zufällig mitbekommen hat, klärt ihn auf: »Verzeihung, Herr Kollege, das war kein Schimpfwort, das war ein Imperativ!«

Ein wesentlicher Unterschied freilich ist es, ob man es wegen Atemnot *fast nemme' versaue' ka'* (= nicht mehr erlaufen kann) oder die *Tischdecke beim Essen versaut* (= beschmutzt). Der Vollständigkeit halber sei schließlich noch die *Sau* (= As) beim *Kartenspiel* genannt, die einem womöglich noch zum *Sauglück* verhelfen könnte. Dazu noch einige einschlägigen Gogen-Witze:

Bei einer Gemeinde-Visitation wird die Wohnung eines Gogen vom Gesundheitsamt beanstandet, weil das Schlafzimmer unmittelbar neben dem Schweinestall liegt. Der Amtsarzt macht den Christian darauf aufmerksam, daß das doch sehr ungesund sei. »Sell glaub-i net«, meint dieser, »mir ist emol noh nia koi' Sau verreckt!«

Ein norddeutscher Student bekommt Besuch von Mutter und Schwester. Die beiden werden anstandshalber von den Wirtsleuten ins gute Zimmer gebeten. Als die beiden stark parfümierten Damen gegangen sind, meint der Frieder: »So e Gstank! — Karlene, mach d'Tür zom Saustall uf, daß frische Luft rei ka'!«

Ein Gog läßt sich inmitten seiner Schweine fotografieren. Voll Stolz zeigt er das Bild beim Stammtisch herum und betont: »Der en dr Mitte ben i.«

Doch nun noch mein von Sachkenntnis strotzendes Gedicht *»D'Rüaßelwäsch«*, das ich anläßlich der Einführung der neugewählten Tübinger Stadträte am 6. Dezember 1971 nach einem guten Viertele vorgetragen habe:

We-mr zua de alte Saue'
nuie nei'loht en de Stall,
geit des eabe' — d'Baure' wisset's —
z'airste' gschwend en Saukrawall.

Alt ond nui ka' sich net schmecke'.
Dorom schmiart mr — 's tuat net waih —
jedre Botzel, jedem Säule
gschwend mit Schnaps de Rüaßel ei'. —

Ond schao' wurd's em Saustall friedlich:
's gleiche Gschmäckle hent se äll'. —
So e Rüaßelwäsch wirkt Wonder,
währle, au en andre Fäll!

schaffe'

Daß wir Schwaben es mit der *Schafferei* nicht gar so ernst nehmen, wie man uns das gerne nachsagt, geht schon daraus hervor, daß wir zwischendurch das Vespern bestimmt nicht vergessen. Hier ein kurzer Überblick über die Zweigleisigkeit unserer Arbeitsmoral:

»Schaffe', schaffe', spare', spare'! We-mr gstorbe' send, hent mr Zeit gnuag zom Ausgruabe'«, hot dr Ähne älls gsait, ond der hot's zu ebbes brocht.
Wenn's Schaffe' leicht wär, tät's dr Schultes selber.
Bloß für dia Leut isch's Schaffe' e Gschäft, wo net gern schaffet.
De'st e Wetter für meine Knecht. Schaffet se net, noh friaret se recht.
Wer schnell schafft, wird schnell müad.
Der ist au am liabste', wo scho gschafft ist.
So möcht i au schaffe' könne', wia ihr vespere'.
Wenn i morgets d'Hose' a'zoge' han, han i scho' gnuag gschafft.
Morge' ist au noh e Tag, wo mr nix to' (= tun) ka'.

Schell

Hier handelt es sich um die *Hausglocke* bzw. *Türklingel,* die früher mit Draht oder Schnur durch Ziehen in Bewegung gesetzt wurde und den veralteten *Türklopfer* ersetzte. — Einem, der an einer defekten Glocke zu klingeln sich anschickt, ruft man folgenden beliebten Zungenbrecher zu.

Schellet Se et an sellere' Schell,
selle Schell schellt et.
Schellet Se an sellere' Schell,
selle Schell schellt.

In neuhochdeutscher Übersetzung heißt das

Klingeln Sie nicht an dieser Klingel,
diese Klingel klingelt nicht.
Klingeln Sie an jener Klingel,
jene Klingel klingelt.

Zu beachten ist hierbei, daß das Wörtle *sell* zuerst diese, dann aber jene bedeutet. Auch die *Handglocke* des die neuesten Nachrichten verkündenden *Büttels* (= Gemeindedieners) wurde *Schell* genannt und *Schelle'* tragen — wie vor Zeiten die *Hofnarren* — auch die *Gschellnarren* der schwäbisch-alemannischen *Fasnet.* Selbst die naturgeschützte *Küchen-* oder *Kuhschelle* (Anemone pulsatilla) gehört hierher.
Um Mißverständnissen vorzubeugen: Man spricht auch bei uns vom *Kirche'g'läut* und nie vom *Kirche'gschell.*

schlotze'

Zunächst bedeutet *schlotze'* soviel wie *lutschen,* d. h. etwas langsam im Munde zergehen lassen. *Zückerle'* oder *Bombole'* (= Bonbons), aber auch Speiseeis am Stiel *schlotzt* man. Und schreiende *Pfätsche'kendle* (= Wickelkinder) beruhigte

man früher vor allem im ländlichen Umkreis statt mit einem gekauften *Schnuller* mit einem *Schlotzer*, einem selbstgefertigten *Sausgläpple* (= saugfähigen Stück Tuch), das man zuvor mit Honig oder Zuckerwasser, wenn nicht gar mit Most (!!) getränkt hatte.
Ums Getränk geht es dann auch beim *Vierteleschlotzer*. — Gegen den Durst *trinkt* der Schwabe zwar nicht ungern *Bier* und *Most*, den *Wein* aber zerdrückt er mit der Zunge, er *schlotzt* ihn bedächtig und genüßlich.

schmecke'

Auch dieser Ausdruck führt durch Doppel- bzw. Zweideutigkeit häufig zu Mißverständnissen: *Schmecke'* kann nämlich nicht nur wie in der Schriftsprache *gut munden* bedeuten, sondern auch *riechen* bzw. *stinken*. Was oder wer ein *G'schmäckle* an sich hat, ist verdächtig, bei Lebensmitteln so gut wie bei Mitmenschen.
Andererseits kann man aber auch auf den *G'schmack* kommen. Beim Wein z. B. führt das bei *gewiften* (von französisch wif = aufgeweckt, schlau) *Vierteleschlotzern* zu dem spontanen Schluß: »*Bei dem* (Wein) *bleibet mr!*«
Damit nicht genug, man kann auch selbst irgendwo *nei'* — oder *rei'schmecke'*. Der *Rei'g'schmeckte* ist somit einer, der in unser Schwabenländle hereinriecht oder -schnuppert. Ob ihn die Schwaben dann allerdings *schmecke'* (= riechen, gut leiden) können, ist eine andere Frage und hängt zumeist von individuellen Zufälligkeiten ab.
So, und nun nach dieser exemplarischen Lektion hoffe ich, daß der folgende scheinbar widersinnige Lehrsatz auch von Nichtschwaben vollinhaltlich verstanden wird:

Ons Schwobe' schmeckt d'Wurst bloß, wenn se net schmeckt;
wenn se schmeckt, schmeckt se ons net!

Für Anfänger sei trotzdem eine Übersetzung angefügt:

Uns Schwaben schmeckt die Wurst nur, wenn sie nicht riecht,
wenn sie riecht, schmeckt sie uns nicht.

Schnall

Auch bei uns wird die *Schnall* im herkömmlichen Sinn als Schnallenverschluß an Schuh oder Gürtel gebraucht. Neuerdings *schnallt* man sich mit dem Autogurt an. Schließlich haben auch Handtaschen und Aktenmappen *Schnallen*, sofern diese nicht vom Reißverschluß verdrängt wurden.
Eine Besonderheit ist es, daß wir auch eine Türe auf- und zuschnallen können – mit der *Türschnall* nämlich, die hierzulande die Türklinke ersetzt. Im übrigen heißt die Eingangstür zur Wohnung bei uns *Glastür*, und zwar auch dann, wenn kein Glas daran ist.
Doch zurück zur *Schnall*, die als Schimpfwort gebraucht ein übelbeleumundetes Frauenzimmer bezeichnet. Die *Ackerschnall* ist demgegenüber als roter Klatschmohn (Papaver rhoeas) lediglich ein Unkraut.

Schneck

Schneck, Schneck,
kommst net vom Fleck?
Schmeiß doch dei' Häusle weg,
noh kommst vom Fleck!

Die schwäbische *Schnecke* ist als *Schneck* männlich. So kann einem *ein Schneck* über den Weg laufen. Beliebter ist freilich das *Schneckle*, worunter man ein kleines Kind, aber auch ein nettes *Mädle* verstehen kann. Wenn letzteres dann womöglich auf einem Bänkle an ihren Schatz *na'schnecklet* oder *-schnucklet*, leidet's keine Zuschauer.
Von der *Schneckennudel*, einem süßen spiralenförmigen Kaffeegebäck, hat der *Schneckenbäck* seinen Namen, der dann als *Schneckenbäcker* wiederum als Kosename für Kinder erscheint.
Schließlich kann man auf die aufdringliche Frage, was man gerade mache, zur Antwort geben:

Schnecke' uf d' Schwänz schlage', daß se bellet!

schwätze'

Schwäbisch kann man weder *reden* noch *sprechen;* schwäbisch kann man nur *schwätze'*. Wenn sich Schwaben etwas zu sagen haben, dann *schwätzt* man halt miteinander und weiß nachher, wo man dran ist. In niederdeutschem Platt spricht man von *snaken.*

Andererseits — Schwaben sind auch nur Menschen — läßt es sich bisweilen nicht vermeiden, daß man aneinander *vorbei* oder Unwichtiges *aneinander na'* (= hin) *schwätzt.* Auch kann man jemandem etwas *auf* oder *abschwätze'* (= ihn bewegen, etwas zu erwerben oder abzugeben).

Schwätzer und *Schwatzbase'*, die es natürlich auch hierzulande gibt, charakterisiert der Volksmund recht treffend:

> *Dem sei' Gschwätz hot koi' Handhab ond koi' Hoimet.*
> *Schwätz mr doch koi' Mark en Sack!*
> *Schwätz mr doch koi' Loch en Bauch!*
> *Der schwätzt-em Teufel d'Ohre' weg.*

Aber es soll auch vorkommen, daß man jemanden *zum Schwätze' auffordern* muß. So ruft der Meister seinem verschüchterten *Stift* (= Lehrbuben) aufmunternd zu:

> *»Kerle, schwätz oder scheiß Buachstabe'!«*

Der Bub soll später übrigens ein guter Schriftsetzer geworden sein.

Darüber hinaus soll es auch vorkommen, daß *zwei gleichzeitig schwätzen.* Hier gilt dann der weise Satz:

> *Zwoi könnet mitenander senge', schwätze' ka' bloß oiner!*

Die höchste Stufe politischer Einsicht schließlich hat erreicht, wer wie selbstverständlich und ohne den leisesten Versuch einer Entschuldigung sagen kann:

> *»Was goht mi mei' saudomms Lette'gschwätz vo' vorgestern a'!?«*

Spätzle'

Unter dem Titel *»Das Spätzle-Brevier«* hat mein Tübinger Mitbürger *Karl Lerch* bereits im Jahre 1962 *»die schwäbische Leibspeise nach Herkunft, Machart und Wohlgeschmack kurzweilig beschrieben und durch eine erkleckliche Anzahl alter und neuer Rezepte für jedermann innerhalb und außerhalb Schwabens zur Nachahmung empfohlen«.* Ich kann mich daher auf einige grundsätzliche Bemerkungen beschränken:

Die sprachliche Herkunft der Bezeichnung *Spätzle'*, die in manchen Gegenden auch *Knöpfle'* heißen, dafür aber auch etwas anders schmecken, ist ungeklärt. Neben den frechen *Spatzen auf dem Dach* werden Zusammenhänge mit der italienischen *pasta* (= Teig) oder dem *spezzare* (= in Stücke schneiden, schnetzeln) vermutet, was wiederum eine sprachliche Verwandtschaft mit dem schwäbischen *spechteln* (= aufsplittern) und damit mit den *Spächele'* (= dünn gespaltene Holzscheiter) wahrscheinlich erscheinen läßt. – Sei's drum! Wichtiger als Wort-*Spaltereien* erscheint mir die Klärung folgender Frage:

Was isch, machet mr Spatze' oder fresset mr de Toig so?

Gesetzt den Fall, man entscheidet sich klugerweise für das erstere, so ist die Zusatzfrage, ob unsere *Schwobe'spätzle* als Teigwaren zu werten seien, bereits illusorisch. Was von geübter Hausfrauenhand über das *Spatze'brittle* mit dem *Spätzlesmesser* oder *-schaber* ins kochende Wasser *g'schabt* oder *g'schärrt* wird, ist zwar noch Teig, was man kurz darauf aber sehr temperamentvoll auftauchen sieht und mit dem *Seiher* (= Sieb) herausfischt, das sind originalschwäbische individuell geformte *handgemachte Spätzle'*. Dazu das

SPÄTZLESREZEPT FÜR REI'GSCHMECKTE FEI'SCHMECKER

En e Schüssel kommt e Pfőndle
Woize'meahl, des hot sich glei.
Oier drüber zwoi bis drei,
Wasser ond au Salz e Quentle,
's ganze schleet mr noh wia domm

solang en dr Schüssel rom,
bis mr's Toigle schliaßle glatt hot
ond dia Ärbet ghörig satt hot.
Ond wenn's noh no Blose' geit,
liabe Leut, noh isch so weit.

Mittlerweil kocht's Wasser schao',
(gsalze' muaß mr's vorher hao'!)
Jetz kommt's Spatze'brittle dra',
Toig druf, ond noh schabt mr monter
(des will glernt sei', bis mr's ka'!)
ällen Toig ens Wasser nonter.
So, ond jetz guckt mr en Ruah
deare' Gschicht e Weile zua.
Send e paar Minütle' rom,
ruaft mr dreimol: Spätzle komm!

Ond schao' schwemmet älle dia
Spätzle' obe' en dr Brüah.
Ufpaßt jetz ond net lang bsonne'!
Rausgfischt älle, noh isch gwonne'.
Ond damit's koin wüaste' Papp geit,
wurd' des ganze Wasser abgseiht.

So, ond will mr jetzet noh,
we-mr's ka', was übrigs do',
schmelzt mr halt dia Spätzle' gschwend,
weil se so am beste' send. —
Wia mr's ißt? — I glaub, des brauch
i uich net uf d'Nas nufbende':
D'Spätzle' went noh en de Bauch
schao' alloinigst nonterfende'!

Die *Auftischmöglichkeit der Spätzle'* ist nahezu unbegrenzt. Wo der Nichtschwabe Kartoffel bzw. Knödel oder Klöße serviert, gibt es eben *Spätzle'*. So zu jeder Art Braten, zu Herz, zusammen mit Preiselbeeren nicht zuletzt zu Wildbret, dann zu Linsen mit Saitenwürstle' oder Rauchfleisch, zu Sauerkraut mit Bauchläpple' oder Blut- und Griebenwurst, aber auch zu grünen Bohnen oder Rotkraut, das im Schwäbischen auch Blaukraut heißt. Im *Gaisburger Marsch* verbrüdern sich die Spätzle' sogar mit Kartoffeln. Darüber hinaus gibt es als besondere Spezialität *Kässpätzle'*, aber auch zwetschgengroße *Löffelspatze'*. Zu Fisch freilich wären Spätzle' eine glatte Geschmacksverirrung!
Darauf einen hausgemachten Limerick:

Es pflegen die waschechten Schwaben
Die Spätzle von Hand noch zu schaben.
Vom Brettle ins Wasser,
Das ist was für Prasser! —
Selbst Hölderlin wollt' es so haben.

Im übrigen werden unsere *Spätzle'* gastronomisch wie die *Teigwaren* unter dem Sammelbegriff der *Mehlspeisen* eingeordnet. — Nichts gegen Fabrikspätzle', Hörnle', Nudeln oder Makkaroni und Spaghetti! Die werden auch im Schwabenland nicht verschmäht. Auch kämen wir ohne Suppennudeln — als *Suppenschwaben* — sicher nicht aus. Aufschlußreich freilich ist es, daß man hierzulande *Breite Nudeln* auch *Faule-Weiber-Spatze'* heißt, während man unter *Tunéll-Nudle'* (= Tunnel-Nudeln — die Betonung liegt beim Tunell auf dem *e*!) *Makkaroni* zu verstehen hat.
Natürlich gibt es auch *Spätzlesmaschinen*, die der geplagten oder weniger begabten Hausfrau das Schaben ersparen. Manche lernt's bei aller Liebe zum Angetrauten nie! Diese *Maschinenspätzle'*, die sich von den handgemachten äußerlich durch ihre Gleichförmigkeit unterscheiden, erscheinen auf den Speisekarten der Gasthäuser als *selbstgemachte Spätzle'* und sind ganz gewiß nicht zu verachten. Wie will man die allseits begehrten Spätzle' schließlich zentnerweise *von Hand* schaben?!

Mit *Spätzlesmaschinen,* freilich, kann man auch Pech haben, so wie es jenem Ulmer erging, der — mit einer Hamburgerin verheiratet — in Hamburg lebte, aber auch im »hohen Norden« nicht auf sein Nationalgericht verzichten wollte. So ließ er sich von einer Stuttgarter Firma eine Spätzlesmaschine kommen, womit seine Frau auch leidlich eßbare Spätzle' auf den Tisch brachte. Eines Tages aber erwies es sich als notwendig, die Maschine in Hamburg in Reparatur zu geben, da eine Kleinigkeit verbogen war. Nach einer Woche schon kam sie per Post zurück, tadellos gerichtet, und dazu eine Rechnung folgenden Wortlauts:
»Eine Sperlingsmaschine repariert 1,50 RM. — Karl Petersen & Co., Hamburg. N.B.: Empfehle meine ff Fleischwolfmaschinen, auch für Geflügel geeignet. In allen Größen. Prospekt beiliegend.«

An diesem Beispiel wird deutlich, wie wichtig es ist, Nichtschwaben grundlegend aufzuklären. Andererseits gibt es leider auch schwäbische Landsleute und sogar in der Stuttgarter Residenz, denen es am nötigen Respekt vor unserer Leib- und Magenspeise fehlt. So wurde der *spätzlesbewußte* Schwabe am 6. Juli 1970 durch folgende Zeitungsmeldung aufgeschreckt:

CHILENE WURDE SPÄTZLES-SIEGER

»STUTTGART (hjt). Beim ersten Schwäbischen Spätzles-Wettbewerb in Stuttgart, der von der Stadtverwaltung der Schwabenmetropole veranstaltet wurde, stellte gestern ein Gast aus Chile alle Schwaben in den Schatten. Der 94 Kilo schwere Mann aus Südamerika verschlang in einer Stunde fünf gehäufte Teller Spätzle und schlug damit alle einheimischen Konkurrenten.
Das Spätzles-Festival war gestern im Rahmen eines zwei Tage dauernden Sommernachtsfestes in der Stuttgarter Innenstadt veranstaltet worden. Über 25 000 Besucher wurden gezählt. Beim Spätzles-Wettbewerb selbst hatten 28 Männer und zwei Frauen teilgenommen. Der Chilene, der allerdings schwäbische Vorfahren hat, verwies seine Konkurrenten auf die Plätze und siegte mit einem Vorsprung von 450 Gramm verschlungener Teigwaren.
94 Kilo Spätzle und ein 50-Liter-Bierfaß, sowie eine Reihe von Einkaufsgutscheinen waren seine Siegesprämie.

Einige Aufregung gab es bei der Siegerehrung: Als der Gast aus Chile in Spätzle aufgewogen werden sollte, war er verschwunden. Schließlich wurde er in einer der nahegelegenen Toiletten gefunden. Dem offenbar noch spätzlesunkundigen Gast aus Chile war die schwäbische Nationalspeise nicht bekommen.«

Es ist klar, daß ich zu diesem Mißbrauch urschwäbischer Gefühle nicht schweigen konnte und — wie einige Tage später im *»Blättle«* zu lesen war — *»meinen Senf dazu geben mußte«:*

E SCHAND IST DES!

Zom erste ond hoffentlich letzte Stuagerter Spätzleswettesse' vom 5. Juli 1970

Z'Stuagert, do ist älles möglich:
Narr, selt hent se letzt om d'Wett
Spätzle' gfresse', pfondweis Spätzle'! —
Noi', verruckter goht-es net!
Guate Ei'fäll ka' mr scheints
huier zähle' an de Fenger.
So e Spätzlesfreßrekord
ist en Ao'fuag ond koi' g'renger!

Onsre guate Schwobe'spätzle'
fuattere' em Ao'verstand! —
Send ond schad ist des, jo währle,
ond für d'Schwobe' glatt e Schand.
Will mr schao' om d'Wette' fresse',
müaßt's doch net grad Spätzle' sei'!
Beispielsweis mit Zwiebelkuache'
spart mr d'Bloskapelle' ei'!

Immerhin: Das Stuttgarter Verkehrsamt als Veranstalter sah von einer Wiederholung solcher »Meisterschaften« ab!

spare'

Sparsam wie ich bin, will und kann ich mir hier sprachliche Erläuterungen *ersparen*, denn *wer nix hot, braucht net spare'* bzw. *leicht spare' hot, wer nix hot.* Im übrigen ist hier der Volksmund recht gesprächig:

Bei de Reiche lernt mr's Spare', bei de Arme 's koche.
Spare' muaß mr, hause' muaß mr, d'Katz verkaufe', selber mause'.
Laß mi meine Küachle' en deim Schmalz bache', noh därfst du dafür dein Speck en meim Kraut koche'.
Onter oiner Mark därf's koste', was-es will!
Schenke' ka'-n-i dir's net, sonst ka'st koin Skonto meh abziage'.

Ja, so kann's gehen, wenn wir sogar einmal großzügig sein wollen. Daß das schon in der königlich-württembergischen Zeit nicht anders war, zeigt folgende Geschichte:

König Wilhelm II. von Württemberg ließ einmal sein Auto in der Nähe von Lindau am Bodensee vor einer Gartenwirtschaft anhalten, trank ein Glas Bier und legte ein goldenes Zehnmarkstück hin, indem er der Kellnerin bedeutete, sie brauche ihm nicht herauszugeben. Das verschlug dem Mädchen, das den Gast nicht kannte, zunächst die Sprache. Sie staunte ihn einige Augenblicke stumm an, dann aber löste sich ihre Betroffenheit in dem Ausruf:
»O Herr, Ihr send aber au it vo' Stuagert!«

Auch heute ist die Landesregierung nicht aushausig. Bei bürgernahen Staatsempfängen z. B. gibt es eben *halbierte Laugenbrezeln* — und schon lange nicht mehr mit Butter beschmiert!! — dazu *Wein* streng nach Proporz — Weißwein aus Baden, Rotwein aus Württemberg. Dem Vorbild der obersten Behörde folgend ist diese Bewirtung so ziemlich in ganz Baden-Württemberg üblich — von den Regierungspräsidien über die Landratsämter bis hinunter zu den Bürgermeisterämtern. Es geht halt nichts über unser Brauchtum!

Trotzdem zur Abrundung noch eine Anekdote, die ich für die *beste Definition der schwäbischen Sparsamkeit* halte:

Auf der Münsinger Alb hatte sich ein Pfarrer im Herbst allzugut mit Kartoffeln eingedeckt. So stand er kurz vor Ostern kopfschüttelnd im Keller vor seinem noch recht beachtlichen Kartoffelberg. Nach längerem Nachsinnen kam ihm der rettende Gedanke:

»Weib«, rief er aus, »do muaß entweder e Sau her oder e Vikar!«

Sparsamkeit und Geiz liegen bisweilen nahe beisammen, wie das nachfolgende Beispiel zeigt:

Zwei schwäbische Touristen wurden eines abends in ihrem Urlaubsquartier in den bayerischen Alpen vermißt. So wurde die Bergwacht alarmiert, die sich auch sofort auf die Suche machte. Mittels Megaphon meldete die Rettungsmannschaft von Zeit zu Zeit ihren Standort und lauschte in die Bergwelt. Doch niemand antwortete. Wieder ertönte es laut durch die Nacht: »Achtung, hier ist die bayerische Bergwacht!« — Da erklang es unvermittelt aus einer nahen Gletscherspalte: »Mir gebet (= spenden) nix!«

stracke'

Wie das *Hocke'* zum Sitzen verhält sich das *Stracke'* zum Liegen. Es ist im Ausdruck etwas derber, aber auch bildhafter. Wenn zum Beispiel jemand *bis en de glocke'helle' Tag nei' em Nest stracke' bleibt* (= bis lang nach dem Morgenläuten im Bett liegen bleibt), so gehört er bestimmt nicht zu den Frühaufstehern.

Sprachlich hängt *stracke'*, das vor allem um Ulm herum gebräuchlich ist, mit dem schriftsprachlichen Strecken zusammen. *Wer na'strackt,* legt sich lang ausgestreckt hin, und zwar ungezwungen lässig.

Zusammenhänge bestehen auch zu stracks bzw. schnurstracks (= sofort) sowie zum gestreckten Galopp der Pferde. Auch was die Jäger zur Strecke bringen, die waidmännische Strecke (= erlegtes Wild) gehört hierher.

»Na'stracke' tua-r-e, aber Schlof han-e koin«, hot selle Jongmagd gsait, eb (= bevor) se dr Knecht noch dr Früahmeß em Strohschopf vernottlet (= vernudelt) hot.

Supp'

Vor Spätzle', G'räuchtem, Sauerkraut
brauch i-n-e Supp, e gscheite',
sust wär dr ganze Tag versaut,
ond's Weib net zom Beneide'.

E gscheite' Supp mit Auge' druf
ond ällerhand dren drenne',
dui schliaßt so reacht de Mage-n uf.
Bloß löffle' muaß mr könne'!

I ben e Suppe'schwob, jawoll,
ond hao-n au sust noh Mucke'. —
Wem des net paßt, hano, der soll
vo' mir aus trocke' schlucke'!

Natürlich ist die Suppe kein schwäbisches Privileg. Ungarische Gulaschsuppe und französische Zwiebelsuppe z. B. lasse ich auch nicht stehen. *Gscheite Suppe'*, wie ich sie in obigem Gedicht gerühmt habe, gibt es aber nur bei uns, wobei man intelligenterweise unter *gscheit* in diesem Fall soviel wie schmack- bzw. habhaft und unter *Auge'* eben Fettaugen zu verstehen hat.
Daß der Schwabe — wann weiß ich auch nicht — sogar international als *Suppe'-schwob* auf die Suppe eingeschworen wurde, geht aus folgendem Spruch hervor:

Wenn der Däne verliert die Grütze,
der Franzose seinen Wein,
der Schwabe die Suppe
und der Bayer das Bier,
so sind verloren alle vier.

Nun, ich glaube, diese Gefahr besteht noch nicht, und so liegt es nahe, als speziell schwäbische Suppen anzupreisen die *Metzel-, Flädles-, Riebeles-, Knöpfles-, Klößles-, Nudel-* und *Ei'laufsupp'*. Im Hinblick auf die schwäbische Sparsamkeit ist allerdings wichtig, daß sich nicht jeder *sei' oiges Süpple kocht!*

taub

Der Schwerhörige gilt zwar auch im Schwäbischen als *taub,* wobei der Ausdruck mit weichem D wie Dora als *daub* auszusprechen ist. Darüber hinaus wird der Begriff vielfach mit dumm und töricht gleichgesetzt. Beliebt sind hier Bezüge zur Zoologie. So sind als Schimpfworte geläufig vor allem die *taube Kuah,* die *taube Henn* und die *taube Sau.* Eine Besonderheit ist hierbei darin zu sehen, daß nur die letztere — die *Sau, die taube* — privilegiert ist, auch auf männliche Zeitgenossen angewandt werden. — Nichts desto trotz ist auch die Botanik vertreten — mit der *taube' Nuß* nämlich. Hasel- oder Walnüsse, die hohl und leer sind, werden so bezeichnet. Hier bietet sich der Vergleich mit menschlichen »Hohlköpfen« direkt an.

Teppich

Natürlich bemüht sich auch der Schwabe im allgemeinen, *auf dem Teppich zu bleib'en.* Man wird ihn jedoch nie davon abbringen können, sich auch auf der *Chaiselongue* (= Liege) oder im Bett *mit einem Teppich zuzudecken* bzw. sich in einen solchen *einzuwickeln.*
Daß es sich dabei um *keinen echten Perserteppich,* sondern nur um *eine simple Wolldecke* handelt, die natürlich auch aus echtem Kamelhaar sein darf, daran gewöhnen sich Nichtschwaben, die mit Schwaben in »Mischehe« leben, in der Regel bald und gern.

überzwerch

Dieser Begriff hängt mit dem angeblich durch Heiterkeit zu erschütternden *Zwerchfell* zusammen und bedeutet im Schwäbischen in Übereinstimmung mit dem Duden *quer* bzw. *kreuzweis,* also *verdreht, verkehrt* und auch umgekehrt. Gebräuchlich ist die Bezeichnung beim *Metzger* (Fleischer oder Schlachter gibt es bei uns ja nicht) als *überzwerches* (= durchwachsenes) *Ochsen-* bzw. *Siedfleisch.* Daneben gibt es aber auch *überzwerche Kerle und Weiber,* denen man es beim besten Willen nie recht machen kann. Es geht hier also um Querulanten und Quertreiber. Schließlich verhilft der Ausdruck dem *schwäbischen Gruß* zu einer kaum zu überbietenden *Steigerung:*

> *Woißt, was du mi ka'st? Am Arsch lecke' ka'st me — ond zwor glei dreimol kreuzweis ond überzwerch!*

Vesper

Die Vesper bedeutet ursprünglich die Zeit gegen Abend, die Abendandacht, das Stundengebet, das durch die *Vesperglocke* vom Kirchturm eingeläutet und eingeleitet wird. Da sich zu eben dieser Zeit auch der Magen zu melden pflegt, legt man eine Zwischenmahlzeit, eine Brotzeit ein. So entstand aus *der* Vesper *das Vesper.* Damit nicht genug, löste sich *das* Vesper auch noch zeitlich von *der* Vesper und so kann man unbedenklich auch vormittags *vespere'.*
Als Kinder bekamen wir für die Schulpause unsere *Vesperbrot* mit, was mir heute noch nachgeht:

En Ranke' Brot, en Bolle' Wurst!
So wia mr ißt, so schafft mr.
E Viertele noh für de Durst,
des moine-e, des verkraft' mr.

E Backstoi'käs ist au e Sach;
ond wohlgmerkt, noh net hudle'!
I ben — als Vesperer vom Fach —
für's Mampfe' halt ond Dudle'!

Viertele

Wenn es bei uns um ein *Viertele* geht, so kann damit nur *ein Viertel Liter Wein* gemeint sein. Wer wollte schon *vierteleswei's'* Wasser trinken?! Ein *Viertele schlotze'* (= auf der Zunge langsam zergehen lassen) zu können, gilt als Nachgeschmack des verlorenen Paradieses. Der passionierte *Vierteleschlotzer* ist somit ein Gemütsmensch, vor allem wenn er es nach und nach auf ein und demselben Stuhl bis auf *über zehn Viertele* gebracht hat. Im übrigen kann man sich seinen Wein trotz behördlich verordnetem Dezimalsystem kurz vor dem nachmitternächtlichen Heimweg auch noch als *Achtele,* ja sogar als *Sechzehntele* behutsam einflößen lassen — *daß jo nix überlauft! s' wär jo schad'.*

Einen *Schoppe' Wein* freilich — ein *Schoppele* gibt es nur für Säuglinge und alkoholfrei — wird man bei uns nie in einem Römer oder sonstigen Weinglas, sondern stets in einem Steinkrügle oder einer entsprechenden Karaffe serviert bekommen und aus einem kleineren, normalen Weinglas *schöpple'. Unser Schoppe' ist nämlich noch immer ein halber Liter und nicht* wie in den Weinbaugebieten an Mittelrhein, Main und Mosel *nur ein lumpiges Viertel.* Der bayerisch-fränkische oder Pfälzer Schoppen Wein ist somit glatte Hochstapelei!!

Immerhin, als bewußter Altwürttemberger stelle ich mit nachträglicher Hochachtung fest, daß sich die Gründer unseres Südweststaates, der heuer auf sein 25jähriges Bestehen zurückblicken konnte, offensichtlich doch etwas gedacht und unter Einbeziehung der Trinkgewohnheiten unserer badisch-fränkischen und württembergisch-fränkischen Enklaven an unserem *schwäbisch-alemannischen Viertele* orientiert haben. Wir können somit also getrost auf eine historisch und sprachlich gewachsene badisch-württembergische Gemeinsamkeit *mit einem guten Viertele anstoßen: Prost!*

Trotzdem, daß-es dene Malefizbadenser net z'wohl wird:
Kenner trinken Württemberger! Ätsch!

Wecke'

Der *Wecken* oder *Weck* hat mit dem Wecker bzw. Aufwecken nur soviel zu tun, als der Bäcker früh aufstehen muß, damit wir frische und *rösche* (= knusprige) *Wecke'* auf den Frühstückstisch bekommen.
Der *Wecken* wird als *Wasserweck'* aus Weizenmehl gebacken, heißt in doppelter Größe *Doppelwecke'* und entspricht dem sogenannten Brötchen bzw. der Semmel oder Schrippe. Altbackene Wecken sind zäh. Man verarbeitet sie daher am besten zu *Weckmehl*, sofern man sie nicht eingeweicht für Weckknödel, Fleischküachle' (= Frikadellen) oder *Maultasche'* verwenden will.

Weib

Dieses gute alte Wort, das noch heute im alemannischen und niederdeutschen Sprachraum in seiner mittelhochdeutschen Form als *Wib* fortlebt, hat den abwertenden Bedeutungswandel, den es in der Hoch- und Schriftsprache erfuhr, im Schwäbischen nicht mitgemacht. Auch lautgeschichtlich sind wir — gemäßigt konservativ — auf halbem Weg zwischen *Wib* und neuhochdeutschem »*Waib*« beim *Weib* stehen geblieben.
Meine markbrandenburgische Frau war anfangs begreiflicherweise recht schokkiert, als ich sie meinen Freunden und Bekannten — voll Besitzerstolz — als *mei' Weib* vorstellte. Heute findet sie es sogar *fast* schmeichelhaft, wenn ich sie mehr oder weniger rhetorisch vor anderen als *Weib* anspreche. Bei einem Ehestreit kommt mir dieses Wort nämlich nie über die Lippen, dazu ist es mir zu schade.
Auch unter *Weibsleut* versteht man — als Entsprechung zu *Mannsleut* — ohne eigentliche Wertung das weibliche Geschlecht schlechthin. Und *e' Baure'weib* auf dem Wochenmarkt verdient wie *e alts Weible* jederzeit unsere Achtung.
Anders ist es, wenn es sich um ein vermeintlich oder tatsächlich *böses Weib* handelt. *Weiber*, die nach unserem Landsmann Schiller zu Hyänen werden, sind auch bei uns nicht gefragt, so wenig wie *Weibsbilder*, die häufig mit *Menschern* gleichzusetzen sind. Trotz allem gilt:

Schöne Mädle' muaß mr liabe', wenn mr schöne Weiber will!

Wiesle

E g'mähts Wiesle (= abgemähte kleine Wiese) vorzufinden, ist eine willkommene Sache, denn schließlich ist man der Mühe des Mähens enthoben. Für jemanden, dem unverhofft eine Erbschaft zufällt, ist das *e g'mähts Wiesle.* Andererseits kann natürlich auch ein ungemähtes Wiesle mit hohem Gras für ein Liebespaar *e g'mähts Wiesle* sein.

X-Füaß

Das genaue Gegenteil von *X-Füaß* sind die sattelgerechten, ehemals für Ulanen, Dragoner, Husaren und Kürassiere vorgeschriebenen *O-Füaß.* Dabei handelt es sich wohlgemerkt – wie bei Tausendfüßlern (= Asseln) in beiden Fällen um ganz *simple Beine.* Die *schwäbischen Füße reichen* nämlich von den Oberschenkeln – also vom Zwickel – *bis zu den Zehenspitzen,* was *Schweißfüaß* allerdings nicht ausschließt. Wesentlich ist, daß man damit *fuaßle'* (= rasch und leicht gehen) kann.

Nur so ist es zu erklären, daß unsere alemannischen Vorfahren bei der Völkerwanderung weit weniger *Fußkranke* gehabt haben sollen als andere germanische Stämme. –

Wenn das nicht ein Thema für eine empirisch-kulturwissenschaftliche Dissertation ist!?!

Yvonne

So hieß eine bildhübsche *Mademoiselle aus der Champagne,* die ein gewisser *Fridolin Scheufele aus Beutelsbach* kurz nach dem Siebziger Krieg *partu* (von partout = durchaus) zur Frau haben wollte. Die Ehe war sehr glücklich. Trotzdem sprechen ihre Ur-Ur-Urenkel *schwäbisch*. Warum also sollte sich heutzutage *das Mariele aus dem Remstal* nicht *fra'schma'* (von franchement = freiweg) in einen *Monsieur Roger aus der Provence* verlieben dürfen?!

Aus Bassleda' (von passe le temps = Zeitvertreib) send scho viel dömmere Sache passiert!

Im übrigen wurden sehr viele französische Ausdrücke eingeschwäbelt. So z. B. Bassai (von Basin = Wasserbecken), Bilet oder Bilettle (= Fahrschein), Deez (von la tête = Kopf), dusma' (von doucement = sachte, still), Fazenettle (= Taschentuch), flattieren (= schmeicheln), passabel (= erträglich), Plafo' (von plafond = Zimmerdecke), Portmane (von portemonnaie = Geldbeutel), pressiare' (= eilig haben), schaluh (von jalous = verwirrt, ratlos) und Waschlafor (von lavoir = Waschbecken).

Zibebe'

Solche gehören in jeden rechten *Guglopf, Hefekranz* oder auch *Käs'kuache'* (= Quarkkuchen). Dabei handelt es sich um *getrocknete Weinbeeren,* also um Sultaninen oder Rosinen.
Als mittelstarkes Schimpfwort bezeichnet eine *Zibeb* — wie auf nebenstehender Zeichnung demonstriert wird — sehr bildhaft eine *verhutzelte alte Jungfer.*

zozge'

Hier handelt es sich um eine gewalttätige Form von *ziage'* (= ziehen). Wenn zwei böse Weiber handgreiflich aneinander geraten, so *zozget se sich an de Hoor rom* (= ziehen, reißen sich an den Haaren). Man kann aber auch lästige Haare wie Unkraut bzw. einen *Spreiße'* (= Splitter) *rauszozge'* oder auch *rauszocke',* wie man im Oberschwäbischen sagt.
Mädchen freilich haben es nicht unbedingt gern, wenn es ihr Schatz *net verhebe' ka'* (= nicht erwarten kann) und allzu voreilig an gewissen Textilien *romzozget.* Wenn es einem dann allerdings im Alter — so was, kommt von so was — *en älle Glieder zozget,* hat man *Reißmadeis* (= Rheuma).

zwee, zwua, zwoi

Eine sprachliche Besonderheit bildet *das Zahlwort zwei,* das im allgemeinen als *zwoi, zwoa* oder *zwai* ausgesprochen wird. Es gibt aber auch heute noch ländliche Bereiche, wo — zumindest in der älteren Generation — streng zwischen *männlich, weiblich und sächlich* unterschieden wird. Da heißt es z. B.

zwee Äcker — *zwua* Wiese' — *zwoi* Felder
zwee Böck — *zwua* Goiße' — *zwoi* Kitzle'
zwee Knecht — *zwua* Mägd — *zwoi* Kender

Die entsprechenden mittelhochdeutschen Formen lauten *zween, zwo* und *zwei*. Wenn wir heutzutage bei der Durchgabe von Telefonnummern, um Hörfehlern vorzubeugen, *die* Zahl *zwo* nennen, ist das sprachgeschichtlich konsequent und korrekt.

Zwee Göckel ond zwua Henne',
zwoi Oier mittle'drenne'.
Se hent's net besser könne'.

Zwiebelkuache'

Nach dem in schwäbischen Haushalten unentbehrlichen *Kiehnle-Kochbuch* nehme man, so man hat:

Für die Fülle 6 bis 8 große Zwiebeln, 30 g Butter, 50 g Speck, 60 g Mehl, 2 bis 4 Eier, 1/4 Liter sauren Rahm oder Sauermilch, Salz und Kümmel. In der Butter werden die feingeschnittenen Zwiebeln weichgedämpft. Das Mehl wird mit dem Rahm glattgerührt, die Eier, Salz, Kümmel und die gedämpften Zwiebeln zugegeben. Man füllt dies auf ein mit Mürb- oder Hefeteig ausgelegtes Blech, gibt einige Butterstückchen, Speckwürfel oder Grieben darauf und backt den Kuchen in heißem Ofen schön braun.

Es gibt wohl kaum ein von Schwaben bewirtschaftetes *Wei'boizle* (= kleine Weinwirtschaft), das im Herbst nicht *zum neuen Wein mit warmem Zwiebelkuchen* aufwarten könnte. Auch der *Bäcker* preist ihn zum Mitnehmen *ofenwarm* an. Dabei kann man davon ausgehen, daß drei bis vier Stück das Mittag- oder Nachtessen entbehrlich machen.

Bei größeren Familienhaushalten empfiehlt es sich freilich, einen *gemeinsamen Zwiebelkuchentag* festzulegen — der imposanten Nachwirkungen wegen, die dieser Spezialität nicht ohne Grund auch den Namen *Posaunen-* oder *Orchestertorte* eingebracht haben. Schließlich heißt es nicht umsonst

Zwiebelkuache' mit viel druf!
Nochher macht mr's Feaster uf.

Die Besonderheit ist eben, daß es sich *beim Zwiebelkuchen* nicht nur um eine reine Gaumenfreude handelt; auch Ohr und Nase kommen voll auf ihre Rechnung!!

Im übrigen spricht man in *Reutlingen,* wo die *Wengerter* (= Winzer) zur Unterscheidung von den *Tübinger Gogen* schlicht *Huser* heißen, von Zwiebel*platz* (= flacher Kuchen — vgl. Pizza!):

Goge' ond Huser
send koine Schmuser,
send räs wia ihr Wei'
ond obe'drei'
gwieß net de Frömmste, —
doch au net de Dömmste,
send Kerle wia-n-i
mit Phantasie!

Ens Wirtshaus nei'plotze',
faif Viertele schlotze'
ond Zwiebelplatz fresse',
druf send se versesse'. —
Aus guatem Grond! —
Denn des ist gsond!

Drom sait jeder Dokter,
e Furz, e verhockter,
ist tausedmol schlemmer
wia Wanze' em Zemmer
ond Ratte' em Haus. — —
Ond was koin Zai's zahlt, muaß naus!

Zwor geit-es au Bachel
om Spitzberg ond Achel,
wo sich do lang ziaret,
koi' Fürzle riskiaret,
stenkfei', wia se send,
bloß Blähonge' hent.

Ob Blähong, ob Furz,
's kommt gwieß koiner z'kurz.
Mr sait nix ond denkt's:
En boide Fäll stenkt's!

Für Reingeschmeckte sei das Problem sicherheitshalber auch noch schriftsprachlich zusammengereimt:

Ein Zwiebelkuchen frisch und warm
bringt in Bewegung Bauch und Darm.
Und wird das Ohr auch reich beschenkt,
so wird die Nase schwer gekränkt.

Ein jeder sehe, wie er's treibe,
Freund oder Feind — bleib' mir vom Leibe!
Am besten ist's, wenn du als Gast
Gerade deinen Schnupfen hast.

Wörterverzeichnis

Die in Klammern gesetzten Ziffern beziehen sich auf die ausführlich behandelten Ausdrücke

Literaturverzeichnis

Ammon, Ulrich / Loewer, Uwe: Schwäbisch, Sprachhefte für den Deutschunterricht. Pädagogischer Verlag Schwann, Düsseldorf, 1977

Bausinger, Hermann, u. a.: Dialekt als Sprachbarriere. Verlag Tübinger Vereinigung für Volkskunde e. V., Tübingen, 1973

Birlinger, Anton: Wörterbüchlein zum Volkstümlichen aus Schwaben. Herder'sche Verlagshandlung, Freiburg im Breisgau, 1863

Biau, Sebastian (Josef Eberle): Ob denn die Schwaben nicht auch Leut' wären ...?. Rainer Wunderlich Verlag Hermann Leins, Tübingen, 1951

—: Rottenburger Hauspostille. Rainer Wunderlich Verlag Hermann Leins, Tübingen, 1946

Burger, Heinz Otto: Schwabentum in der Geistesgeschichte. Cotta'sche Buchhandlung Nachf., Stuttgart und Berlin, 1933

Brechenmacher, Josef Karlmann: Schwäbische Sprachkunde in ausgeführten Lehrbeispielen. Verlag Adolf Bonz & Co, Stuttgart, 1923

Fischer, Hermann: Schwäbisches Wörterbuch. Verlag der H. Laupp'schen Buchhandlung, Tübingen, 1904 ff.

Götz, Karl: Schwäbisch von A bis Z. Hohenstaufen Verlag, Bodman, 1970

—: Schwäbischer Heimatkalender. Verlag W. Kohlhammer Stuttgart, sämtliche Jahrgänge

Haering, Theodor: Schwaben Spiegel. Verlagshaus Oertel & Spörer, Reutlingen, 1949

Heuschele, Otto: Schwaben unter sich über sich. Wolfgang Weidlich Verlag, Frankfurt am Main, 1976

Jung, Michael von: Grablieder. Herausgegeben von Alfred Weitnauer. Verlag für Heimatpflege, Kempten, 1963

Kapff, Rudolf: Schwäbische Geschlechtsnamen. Verlag Silberburg, Stuttgart, 1927

Kiehnle, Hermine: Kochbuch. Walter Hädecke Verlag, Stuttgart und Leipzig, o. J.

Kleemann, Georg: Schwäbische Curiosa. Rainer Wunderlich Verlag Hermann Leins, Tübingen, 1974

Kutter, Wilhelm: Schwäbisch-Alemannische Fasnacht. Sigloch Service Edition, Künzelsau, 1976

Lämmle, August: Schwäbisches und Allzuschwäbisches. Alemannen-Verlag, Tübingen, 1936

Lerch, Karl: Das Spätzle-Brevier. Oertel & Spörer, Reutlingen, 1966

Mörike, Eduard: Am frisch geschnittenen Wanderstab. Silberburg Verlag Werner Jäckh, Stuttgart, 1956

Moser, Hugo: Schwäbischer Volkshumor. W. Kohlhammer Verlag, Stuttgart, 1950

Müller, Ernst: Stiftsköpfe. Eugen Salzer Verlag, Heilbronn, 1938

Müller-Jabusch, Maximilian: Götzens Grober Gruß. Verlag Pohl & Co, München, 1956

Rahn, Fritz: Der Schwäbische Mensch und seine Mundart. Hans E. Günther Verlag, Stuttgart, 1962

Reyhing, Hans: Albheimat. Verlag Silberburg GmbH, Stuttgart, 1925

Schramm, Heinz-Eugen: Michel Buck als Mundartdichter. Verlag des Schwäbischen Albvereins e. V., Stuttgart, 1956

—: G.-W. (Gogen-Witze). Körner'sche Druckerei und Verlagsanstalt, Gerlingen, (1959) 1975

—: L. m. i. A.! Des Ritters Götz von Berlichingen denkwürdige Fensterrede . . . Körner'-sche Druckerei und Verlagsanstalt, Gerlingen, (1960) 1967

—: Maultasche' (Mundartgedichte). Verlagsbuchhandlung Karl Knödler, Reutlingen, (1966) 1976

—: Magscht mi? (Mundartgedichte). Verlag Karl Knödler, Reutlingen, (1968) 1973

—: Wia mr's nemmt (Mundartgedichte). Verlag Karl Knödler, Reutlingen, 1976

—: Wenn der Mumpitz Eier legt: (Limericks). Gerhard Hess Verlag, Ulm/Donau, 1970

—: Schwaben wie es lacht. Verlag Wolfgang Weidlich, Frankfurt am Main, (1970) 1974

—: Schwäbische Musenküsse (Mundartanthologie). Verlag Wolfgang Weidlich, Frankfurt am Main, 1972

Sillner, Leo: Gewußt woher. Societäts-Verlag, Frankfurt am Main, 1973

Späth, Christian: Gedichte. Rainer Wunderlich Verlag, Tübingen, 1935

Spohn, Michael: Schwäbische Comics. Schönemann Verlag, Esslingen, 1977

Troll, Thaddäus (Hans Bayer): Deutschland deine Schwaben. Hoffmann und Campe Verlag, Hamburg, 1967

—: Preisend mit viel schönen Reden. Hoffmann und Campe Verlag, Hamburg, 1972

Weinberg, Johannes / Bausinger, Hermann: Deutsch für Deutsche. Fischer Bücherei, Frankfurt am Main, 1971/72

Wendehals, Jakob (Heinz Rainer Reinhardt) — *Knöpfle, Babette* (Martha Maria Bosch): Schwaben-Spiegeleien. Eugen Salzer-Verlag, Heilbronn, 1966

Weitnauer, Alfred: Auch Schwaben sind Menschen. Verlag für Heimatpflege, Kempten (Allgäu), 1959

Zanker, Richard: Geliebtes Altes Stuttgart. Franckh'sche Verlagshandlung, Stuttgart, 1963